PARA VIVER UM GRANDE AMOR

VINICIUS DE MORAES

EDITÔRA DO AUTOR

1 Vinicius de Moraes e sua mulher, Maria Lúcia Proença (c.1960), a Lucinha, a quem o poeta dedicou *Para viver um grande amor*. A primeira edição do livro teve a chancela da Editôra do Autor (Rio de Janeiro, 1962).

Ao lado, a capa da segunda edição e a dedicatória de Rubem Braga — um dos sócios fundadores da Editôra do Autor e grande amigo de Vinicius — a Lúcia Proença.

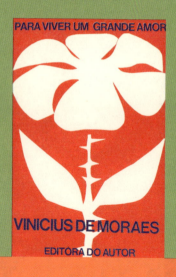

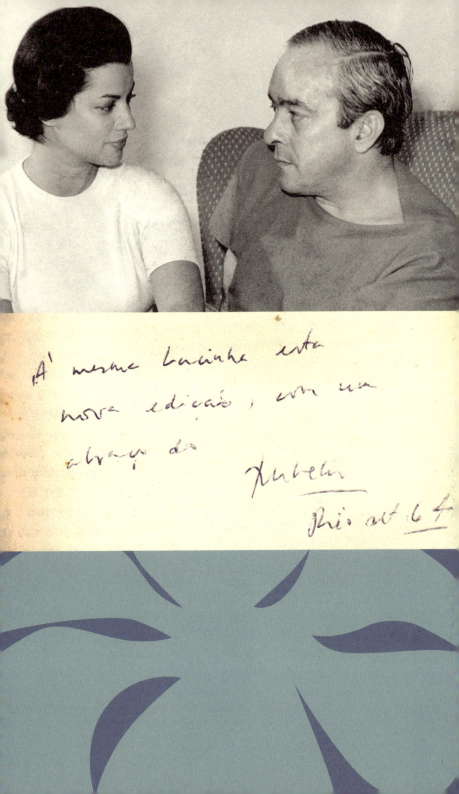

2 Manuscrito e dactiloscrito mostram momentos do processo de criação do poema "Poética (II)", um dos mais conhecidos de Vinicius, publicado em *Para viver um grande amor*.

POÉTICA (II)

Com as lágrimas do tempo
E a cal do meu dia
Eu fiz o cimento
Da minha poesia.

E na perspectiva
Da vida futura
Ergui em carne viva
Sua arquitetura.

Não sei bem se é casa
Se é tôrre ou se é templo
(Um templo sem Deus...)

Mas é grande e clara
Pertence ao seu tempo:
—Entrai, irmãos meus!

Rio, 1950

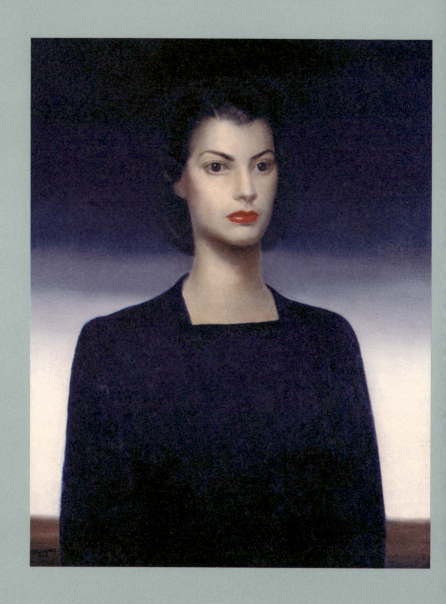

3 Lúcia Proença e Vinicius de Moraes, retratados por Candido Portinari (ambos óleo sobre tela e datados de 1938). Na crônica "Retrato de Portinari", Vinicius conta que tentou inutilmente reaver seu retrato, então em posse de sua filha Susana, argumentando: "é que a minha Bem-Amada foi também retratada por Portinari nessa fase a que chamei 'social', e eu muito gostaria de ver um dia nossos retratos juntos na parede, as técnicas brigando um pouco, mas juntos na parede, como deve ser". O encontro sonhado por Vinicius acontece agora e aqui, nas páginas de seu livro. O pintor também surge como tema de "Poema para Candinho Portinari em sua morte cheia de azuis e rosas".

4 Acima, um dos cartazes do filme *Orfeu negro*, ou *Orfeu do Carnaval* (direção de Marcel Camus e produção de Sacha Gordine), que, baseado no musical de Vinicius de Moraes, *Orfeu da Conceição*, ganhou, entre outros prêmios, a Palma de Ouro no Festival de Cannes e o Oscar de Melhor Filme Estrangeiro, em 1959.

Uma das fachadas do Château d'Eu, onde Vinicius se hospedou com sua filha Georgiana, em agosto de 1955, a fim

*eucas: a correcas abaixo
já foi feita nas últimas
provas. É preciso também
tirar do índice*

um dos sêres mais límpos da criação. Praticada de comum com uma quantidade de sabão suficiente para apagar uma mancha mongólica, tremendos pigarreios, palavrões homéricos, trechos de samba e abundante perda de cabelo, essa chuveirada — instituição carioquíssima — restitui-lhe a sua euforia típica e inexplicável: pois poucos cidadãos poderão ser mais marretados pela cidade a que ama acima de tudo. Em seguida, metido em sua beca de estilo, que o torna reconhecível por um outro carioca em qualquer parte do mundo (não importa quão bom ou medíocre o alfaiate, de vez que se trata de uma misteriosa associação do homem com a roupa que o veste) penteia êle longamente o cabelo, com gomina, brilhantina ou o tônico mais em voga (pois tem sempre a cisma de que está ficando careca) e, integrado no metabolismo de sua cidade, vai a vida, seja para o trabalho, seja para a flanação em que tanto se compraz.

Pode-se lá chamar um cara assim de guanabarino?

EU, CÁ POR MIM, ODEIO PARADOXOS...

"Un coup de dés jamais n'abolira le hasard"
Equacionou poèticamente Mallarmé
Mas o poeta se esqueceu de acrescentar
Que un coup de hasard jamais n'abolira les dés"

*esse poema
não entra mais
na composição*

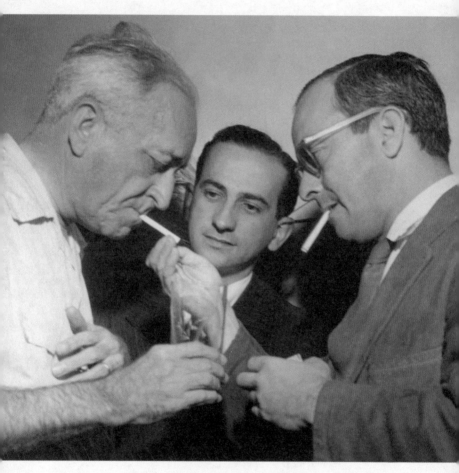

5 Vinicius com Otto Lara Resende (no centro) e Jayme Ovalle, durante entrevista que este último concedeu aos amigos para a revista *Flan*, em maio de 1953. A morte de Ovalle, dois anos depois, é tema do poema "A última viagem de Jayme Ovalle".

Ao lado, no alto, Baden Powell com Vinicius, seu parceiro (c.1965), e o violonista espanhol Andrés Segovia, ambos citados na crônica "Uma mulher chamada guitarra".

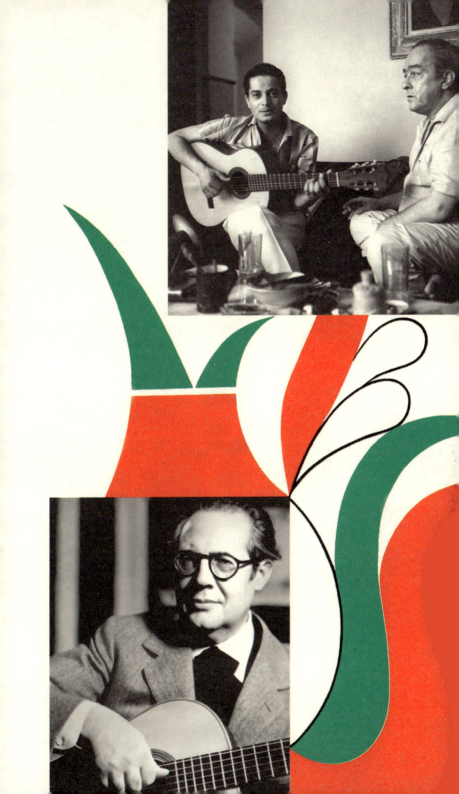

6 Emmett Louis Till, o menino americano cujo assassinato no Mississippi, em agosto de 1955, serviu de tema para Vinicius no poema "Blues para Emmett Louis Till".

Ao lado, outro retrato da sociedade americana nos anos 40: o dactiloscrito do poema "Olhe aqui, Mr. Buster", quando ainda tinha o título em inglês.

LOOK HERE, MR BUSTER...

Olhe aqui, Mr. Buster, está muito certo

Que o sr. tenha um apartamento em Park Avenue e uma casa em Be
verly Hills

Está muito certo que em seu apartamento de Park Avenue

O sr. tenha um frizo do Partenon e ~~que~~ no quintal de sua casa de Beverly Hills

~~Enxupxtenha~~ Um poço de petróleo trabalhando ~~diaxxxxnoixade~~ de dia para

lhe dar dinheiro e de noite para lhe dar ~~inx~~

Está muito certo que em ambas as residências insônia.

O sr. tenha geladeiras de 12 pés capazes de ~~contar~~ conservar o seu ~~próprio~~

preconceito racial ~~andxxnx~~

Por muitos ~~bázukas~~ anos a vir, e vacuum-cleaners com mais chupo

Que um beijo de Marilyn Monroe, e máquinas de lavar

Capazes de apagar a mancha de seu desgôsto de ter posto tanto di
nheiro em vao na guerra da Coreia.

Está certo que ~~em sua~~ ~~casa~~ as torradas saltem automaticamente
a mesa

E as portas se abram ~~na~~ célula fotoelétrica. Está muito certo

Que o sr, tenha cinema em casa, para os meninos verem Roy Rogers

Quando ~~quiser~~ cismam: e isso sem falar ~~nas~~ nos três aparelhos de televisão

E ~~nas~~ ~~entxxxxxxxxxx~~ fabulosa hi-fi com alto-falantes

~~nas~~ ~~entxxxxxxxxx~~ espalhados por todos os andares.

Está muito certo que sua mulher seja citada uma vez por mês por

Elsa Maxwell

E tenha dois psiquiatras para as duas estaçoes ~~umxNovaxYorkxxuma~~

em Nova York e na costa do Pací-~~exitxfixmix~~
fico. poderá

Está ~~emxtudo~~ muito certo, Mr. Buster, o sr. ainda acabará governa-
dor do seu Estado

E presidente de muitas companhias de petróleo, aço e matéria plás-
sem dúvida
tica.

Mas me diga aqui uma coisa, Mr. Buster:

O sr. sabe lá o que é ter uma jaboticabeira no seu quintal?

O sr. sabe lá o que é samba de telecoteco?

O sr. sabe lá o que é torcer pelo Botafogo?

O ANJO DAS PERNAS TORTAS

                          Vinicius de Moraes

A um passe de Didi, Garrincha avança
Colade e ceure aes pés, e elhar atente
Dribla um, dribla deis, depeis descança
Ceme a medir e lance de memente.

Vem-lhe e pressentimente: êle se lança
Mais rápide que e próprie pensamente
Dribla deis, dribla três; a bela trança
Feliz, entre seus pés: um pé de vente!

Num   transperte
~~Gxmmxun~~ só ~~kxmmm~~ a multidãe aflita
     ate   levanta
Em ~~xxxmmxxxx~~ da merte se ~~exgue~~ e grita
                    leuce
Seu uníssene ~~caxxkx~~ de esperança.

          e anje, escuta, atira
Garrincha, ~~xxxukxyxpáxxyxxkutx~~...--Geeeell
É ~~a~~ pura imagem:
~~xkx~~   um G que chuta um ê

~~xquxkxxéxuxxxxxjxxpxxkxexxexxxgxx~~
Para dentre da meta! ~~RxxxxdxxxgxxÉ~~ a pura dança!

7 Poema-homenagem de Vinicius de Moraes — torcedor do Botafogo, tradicional time de futebol carioca — ao jogador Garrincha.

Na página seguinte, detalhe da fachada de um dos edifícios do Parque Guinle (Laranjeiras, Rio de Janeiro), projeto de Lucio Costa, onde Vinicius morou com Lúcia Proença.

PARA VIVER
UM GRANDE AMOR

PARA VIVER
UM GRANDE AMOR
1962
VINICIUS
DE MORAES

ORGANIZAÇÃO
EUCANAÃ FERRAZ

11ª reimpressão

**COLEÇÃO
VINICIUS DE MORAES**
COORDENAÇÃO
EDITORIAL
EUCANAÃ FERRAZ

COMPANHIA DAS LETRAS

Copyright © 2010 by V. M. Empreendimentos Artísticos e Culturais Ltda.
www.viniciusdemoraes.com.br

Texto de Carlos Drummond de Andrade das páginas 211-212
Copyright © Graña Drummond www.carlosdrummond.com.br

Grafia atualizada segundo o Acordo Ortográfico da Língua Portuguesa
de 1990, que entrou em vigor no Brasil em 2009.

Capa e projeto gráfico
warrakloureiro
Fotos de capa
© Herbert List/ Magnum Photos LatinStock
© Bert Hardy/ Getty Images
Pesquisa
Eucanaã Ferraz
Daniel Gil
Preparação
Márcia Copola
Revisão
Ana Maria Barbosa
Isabel Jorge Cury

Dados Internacionais de Catalogação na Publicação (CIP)
(Câmara Brasileira do Livro, SP, Brasil)

Moraes, Vinicius de, 1913-1980.
Para viver um grande amor / Vinicius de Moraes ; organização
Eucanaã Ferraz. — São Paulo : Companhia das Letras, 2010.

ISBN 978-85-359-1649-2

1. Poesia brasileira I. Ferraz, Eucanaã. II. Título.

10-02628   CDD-869.91

Índice para catálogo sistemático:
1. Poesia : Literatura brasileira 869.91

[2021]
Todos os direitos desta edição reservados à
EDITORA SCHWARCZ S.A.
Rua Bandeira Paulista 702 cj. 32
04532-002 — São Paulo — SP
Telefone: [11] 3707 3500
www.companhiadasletras.com.br
www.blogdacompanhia.com.br
facebook.com/companhiadasletras
instagram.com/companhiadasletras
twitter.com/cialetras

SUMÁRIO

O exercício da crônica 15
A anunciação 17
Poema de aniversário 18
Canção para a amiga dormindo 20
Uma mulher chamada guitarra 21
O infinito de Leopardi 23
Separação 24
Retrato de Maria Lúcia 26
Mistério a bordo 27
Uma música que seja... 30
Retrato de Portinari 31
O poeta aprendiz 33
O dia do meu pai 36
O mais-que-perfeito 39
Médico de flores 40
A medida do abismo 43
O amor por entre o verde 44
Olhe aqui, Mr. Buster 47
O casamento da Lua 49
A última viagem de Jayme Ovalle 52
De pombos e de gatos 54
Carta aos Puros 56
A outra face de Lucina 58
Noa Noa 60
O poeta 61
A arte de ser velho 62
Poema para Candinho Portinari em sua morte
    cheia de azuis e rosas 64
Profeta urbano 66
Teu nome 69

Orfeu Negro 70

O Margarida's 73

Morte de um pássaro 75

Poema para Gilberto Amado 77

O tempo sob o sol 78

O espectro da rosa 80

O conde e o passarinho 81

Não comerei da alface a verde pétala 84

O primeiro grande conto do vigário 85

Antiode à tristeza 88

A casa materna 90

As mulheres ocas 92

O Vento Noroeste 94

Feijoada à minha moda 96

Sobre poesia 100

O poeta e a rosa 103

Relendo Rilke 105

Of God and gold 108

Menino de ilha 109

O mosquito 111

"O amor que move o sol e outras estrelas…" 112

Duas canções de silêncio 114

Os elementos do estilo 115

Lapa de Bandeira 118

Contemplações do poeta ao cair da noite 120

Dois poeminhas com Sputnik 123

Smith-Corona versus Vat-69 125

Natal 128

Para viver um grande amor 129

Blues para Emmett Louis Till 131

Oscar Niemeyer 133

O anjo das pernas tortas 136

Agua clara con sonido 137

O ônibus Greyhound atravessa o Novo México 139

Os politécnicos 140

O verbo no infinito 143

Canto de amor e de angústia à seleção de ouro do Brasil 144

Poética (II) 147

A bela ninfa do bosque sagrado 148

Namorados no mirante 152

Velha mesa 153

Soneto da mulher ao sol 155

A alegre década de 20 156

Um beijo 159

Sobre os degraus da morte... 162

Soneto do amor como um rio 164

Samba de breque 165

Carta do ausente 168

A transfiguração pela poesia 171

Poema desentranhado da história dos particípios 173

Química orgânica 174

Soneto de Montevidéu 177

Namorados públicos 178

A estrelinha polar 180

Da solidão 181

Dialética 183

Estado da Guanabara 184

O amor dos homens 187

Pedro, meu filho... 193

posfácio
A mulher original,
por Francisco Bosco 197

arquivo
Advertência,
por Vinicius de Moraes 207

Aqui está o Vinicius mais acessível
por Otto Lara Resende 209

No Marimbás
por Carlos Drummond de Andrade 211

cronologia 213
créditos das imagens 221

PARA VIVER UM GRANDE AMOR

A Lucinha

But in my mind of all mankind
I love but you alone.
Anônimo, *The nutbrow maid*

Amor condusse noi ad una morte.
Dante, *Inferno*

The world was all before them, where to choose
Their place of rest, and Providence their guide.
They, hand in hand, with wand'ring steps and slow
Through Eden took their solitary way.
Milton, *Paradise lost*

O EXERCÍCIO DA CRÔNICA

Escrever prosa é uma arte ingrata. Eu digo prosa fiada, como faz um cronista; não a prosa de um ficcionista, na qual este é levado meio a tapas pelas personagens e situações que, azar dele, criou porque quis. Com um prosador do cotidiano, a coisa fia mais fino. Senta-se ele diante de sua máquina, acende um cigarro, olha através da janela e busca fundo em sua imaginação um fato qualquer, de preferência colhido no noticiário matutino, ou da véspera, em que, com as suas artimanhas peculiares, possa injetar um sangue novo. Se nada houver, resta-lhe o recurso de olhar em torno e esperar que, através de um processo associativo, surja-lhe de repente a crônica, provinda dos fatos e feitos de sua vida emocionalmente despertados pela concentração. Ou então, em última instância, recorrer ao assunto da falta de assunto, já bastante gasto, mas do qual, no ato de escrever, pode surgir o inesperado.

Alguns fazem-no de maneira simples e direta, sem caprichar demais no estilo, mas enfeitando-o aqui e ali desses pequenos achados que são a sua marca registrada e constituem um tópico infalível nas conversas do alheio naquela noite. Outros, de modo lento e elaborado, que o leitor deixa para mais tarde como um convite ao sono: a estes se lê como quem mastiga com prazer grandes bolas de chicletes. Outros, ainda, e constituem a maioria, "tacam peito" na máquina e cumprem o dever cotidiano da crônica com uma espécie de desespero, numa atitude ou-vai-ou-racha. Há os eufóricos, cuja prosa procura sempre infundir vida e alegria em seus leitores, e há os tristes, que escrevem com o fito exclusivo de desanimar o gentio não só quanto à vida, como quanto à condição humana e às razões de viver. Há também os modestos, que ocultam cuidadosamente a própria personalidade atrás do que dizem e, em contrapartida, os vaidosos, que castigam no pronome na primeira pessoa e colocam-se geralmente como a personagem principal de todas as situações. Como se diz que é preciso um pouco de tudo para fazer um mundo, todos estes "marginais da imprensa", por assim dizer, têm o seu papel a cumprir. Uns afagam vaidades, outros as espicaçam; este é lido por puro deleite, aquele por puro vício. Mas uma coisa é certa: o público não dispensa a crônica, e o cronista afirma-se cada vez mais como o cafezinho quente seguido de um bom cigarro, que tanto prazer dão depois que se come.

Coloque-se porém o leitor, o ingrato leitor, no papel do cronista. Dias há em que, positivamente, a crônica "não baixa". O cronista levanta-se, senta-se, lava as mãos, levanta-se de novo, chega à janela, dá uma telefonada a um amigo, põe um disco na vitrola, relê crônicas passadas em busca de inspiração — e nada. Ele sabe que o tempo está correndo, que a sua página tem uma hora certa para fechar, que os linotipistas o estão esperando com impaciência, que o diretor do jornal está provavelmente coçando a cabeça e dizendo a seus auxiliares: "É... não há nada a fazer com fulano...". Aí então é que, se ele é cronista mesmo, ele se pega pela gola e diz: "Vamos, escreve, ó mascarado! Escreve uma crônica sobre esta cadeira que está aí em tua frente! E que ela seja benfeita e divirta os leitores!". E o negócio sai de qualquer maneira.

O ideal para um cronista é ter sempre uma ou duas crônicas adiantadas. Mas eu conheço muito poucos que o façam. Alguns tentam, quando começam, no afã de dar uma boa impressão ao diretor e ao secretário do jornal. Mas se ele é um verdadeiro cronista, um cronista que se preza, ao fim de duas semanas estará gastando a metade do seu ordenado em mandar sua crônica de táxi — e a verdade é que, em sua inocente maldade, tem um certo prazer em imaginar o suspiro de alívio e a correria que ela causa, quando, tal uma filha desaparecida, chega de volta à casa paterna.

A ANUNCIAÇÃO

Virgem! filha minha
De onde vens assim
Tão suja de terra
Cheirando a jasmim
A saia com mancha
De flor carmesim
E os brincos da orelha
Fazendo tlintlin?
Minha mãe querida
Venho do jardim
Onde a olhar o céu
Fui, adormeci.
Quando despertei
Cheirava a jasmim
Que um anjo esfolhava
Por cima de mim…

Montevidéu, 1/11/1958

POEMA DE ANIVERSÁRIO

Porque fizeste anos, Bem-Amada, e a asa do tempo roçou teus cabelos negros, e teus grandes olhos calmos miraram por um momento o inescrutável Norte...

Eu quisera dar-te, ademais dos beijos e das rosas, tudo o que nunca foi dado por um homem à sua Amada, eu que tão pouco te posso ofertar. Quisera dar-te, por exemplo, o instante em que nasci, marcado pela fatalidade de tua vinda. Verias, então, em mim, na transparência do meu peito, a sombra de tua forma anterior a ti mesma.

Quisera dar-te também o mar onde nadei menino, o tranquilo mar de ilha em que me perdia e em que mergulhava, e de onde trazia a forma elementar de tudo o que existe no espaço acima — estrelas mortas, meteoritos submersos, o plancto das galáxias, a placenta do Infinito.

E mais, quisera dar-te as minhas loucas carreiras à toa, por certo em premonitória busca de teus braços, e a vontade de grimpar tudo de alto, e transpor tudo de proibido, e os elásticos saltos dançarinos para alcançar folhas, aves, estrelas — e a ti mesma, luminosa Lucina, a derramar claridade em mim menino.

Ah, pudesse eu dar-te o meu primeiro medo e a minha primeira coragem; o meu primeiro medo à treva e a minha primeira coragem de enfrentá-la, e o primeiro arrepio sentido ao ser tocado de leve pela mão invisível da Morte.

E o que não daria eu para ofertar-te o instante em que, jazente e sozinho no mundo, enquanto soava em prece o cantochão da noite, vi tua forma emergir do meu flanco, e se esforçar, imensa ondina arquejante, para se desprender de mim; e eu te pari gritando, em meio a temporais desencadeados, roto e imundo do pó da terra.

Gostaria de dar-te, Namorada, aquela madrugada em que, pela primeira vez, as brancas moléculas do papel diante de mim dilataram-se ante o mistério da poesia subitamente incorporada; e dá-la com tudo o que nela havia de silencioso e inefável — o pasmo das estrelas, o mudo assombro das casas, o murmúrio místico das árvores a se tocarem sob a lua.

E também o instante anterior à tua vinda, quando, esperando-te chegar, relembrei-te adolescente naquela mesma cidade em que te reencontrava anos depois; e a certeza que tive, ao te olhar, da fatalidade insigne do nosso encontro, e de que eu estava, de um só golpe, perdido e salvo.

Quisera dar-te, sobretudo, Amada minha, o instante da minha morte; e que ele fosse também o instante da tua morte, de modo que nós, por tanto tempo em vida separados, vivêssemos em nosso decesso uma só eternidade; e que nossos corpos fossem embalsamados e sepultados juntos e acima da terra; e que todos aqueles que ainda se vão amar pudessem ir mirar-nos em nosso último leito; e que sobre nossa lápide comum jazesse a estátua de um homem parindo uma mulher do seu flanco; e que nela houvesse apenas, como epitáfio, estes versos finais de uma canção que te dediquei:

... dorme, que assim
dormirás um dia
na minha poesia
de um sono sem fim...

CANÇÃO PARA A AMIGA DORMINDO

Dorme, amiga, dorme
Teu sono de rosa
Uma paz imensa
Desceu nesta hora.
Cerra bem as pétalas
Do teu corpo imóvel
E pede ao silêncio
Que não vá embora.

Dorme, amiga, o sono
Teu de menininha
Minha vida é a tua
Tua morte é a minha.
Dorme e me procura
Na ausente paisagem…
Nela a minha imagem
Restará mais pura.

Dorme, minha amada
Teu sono de estrela
Nossa morte, nada
Poderá detê-la.
Mas dorme, que assim
Dormirás um dia
Na minha poesia
De um sono sem fim…

UMA MULHER CHAMADA GUITARRA

Um dia, casualmente, eu disse a um amigo que a guitarra, ou violão, era "a música em forma de mulher". A frase o encantou e ele a andou espalhando como se ela constituísse o que os franceses chamam *un mot d'esprit*. Pesa-me ponderar que ela não quer ser nada disso; é, melhor, a pura verdade dos fatos.

O violão é não só a música (com todas as suas possibilidades orquestrais latentes) em forma de mulher, como, de todos os instrumentos musicais que se inspiram na forma feminina — viola, violino, bandolim, violoncelo, contrabaixo —, o único que representa a mulher ideal: nem grande, nem pequena; de pescoço alongado, ombros redondos e suaves, cintura fina e ancas plenas; cultivada mas sem jactância; relutante em exibir-se, a não ser pela mão daquele a quem ama; atenta e obediente ao seu amado, mas sem perda de caráter e dignidade; e, na intimidade, terna, sábia e apaixonada. Há mulheres-violino, mulheres-violoncelo e até mulheres-contrabaixo.

Mas como recusam-se a estabelecer aquela íntima relação que o violão oferece; como negam-se a se deixar cantar, preferindo tornar-se objeto de solos ou partes orquestrais; como respondem mal ao contato dos dedos para se deixar vibrar, em benefício de agentes excitantes como arcos e palhetas, serão sempre preteridas, no final, pelas mulheres-violão, que um homem pode, sempre que quer, ter carinhosamente em seus braços e com ela passar horas de maravilhoso isolamento, sem necessidade, seja de tê-la em posições pouco cristãs, como acontece com os violoncelos, seja de estar obrigatoriamente de pé diante delas, como se dá com os contrabaixos.

Mesmo uma mulher-bandolim (vale dizer: um bandolim), se não encontrar um Jacob pela frente, está roubada. Sua voz é por demais estrídula para que se a suporte além de meia hora. E é nisso que a guitarra, ou violão (vale dizer: a mulher-violão), leva todas as vantagens. Nas mãos de um Segovia, de um Barrios, de um Sainz de la Mazza, de um Bonfá, de um Baden Powell, pode brilhar tão bem em sociedade quanto um violino nas mãos de um Oistrakh ou um violoncelo nas mãos de um Casals. Enquanto que aqueles instrumentos dificilmente poderão atingir a pungência ou a bossa peculiares que um violão pode ter, quer tocado canhestramente por um Jayme Ovalle ou um Manuel Bandeira, quer "passado na cara" por um João Gilberto ou mesmo o crioulo Zé-com-Fome, da Favela do Esqueleto.

Divino, delicioso instrumento que se casa tão bem com o amor e tudo o que, nos instantes mais belos da natureza, induz ao maravilhoso abandono! E não é à toa que um dos seus mais antigos ascendentes se chama *viola d'amore*, como a prenunciar o doce fenômeno de tantos corações diariamente feridos pelo melodioso acento de suas cordas... Até na maneira de ser tocado — contra o peito — lembra a mulher que se aninha nos braços do seu amado e, sem dizer-lhe nada, parece suplicar com beijos e carinhos que ele a tome toda, faça-a vibrar no mais fundo de si mesma, e a ame acima de tudo, pois do contrário ela não poderá ser nunca totalmente sua.

Ponha-se num céu alto uma lua tranquila. Pede ela um contrabaixo? Nunca! Um violoncelo? Talvez, mas só se por trás dele houvesse um Casals. Um bandolim? Nem por sombra! Um bandolim, com seus *tremolos*, lhe perturbaria o luminoso êxtase. E o que pede então (direis) uma lua tranquila num céu alto? E eu vos responderei: um violão. Pois dentre os instrumentos musicais criados pela mão do homem, só o violão é capaz de ouvir e de entender a lua.

O INFINITO DE LEOPARDI

Sempre cara me foi esta colina
Erma, e esta sebe, que de tanta parte
Do último horizonte o olhar exclui.
Mas sentado a mirar, intermináveis
Espaços além dela, e sobre-humanos
Silêncios, e uma calma profundíssima
Eu crio em pensamentos, onde por pouco
Não treme o coração. E como o vento
Ouço fremir entre essas folhas, eu
O infinito silêncio àquela voz
Vou comparando; e vêm-me a eternidade
E as mortas estações, e esta, presente
E viva, e o seu ruído. Em meio a essa
Imensidão meu pensamento imerge
E é doce o naufragar-me nesse mar.

SEPARAÇÃO

Voltou-se e mirou-a como se fosse pela última vez, como quem repete um gesto imemorialmente irremediável. No íntimo, preferia não tê-lo feito; mas ao chegar à porta sentiu que nada poderia evitar a reincidência daquela cena tantas vezes contada na história do amor, que é história do mundo. Ela o olhava com um olhar intenso, onde existia uma incompreensão e um anelo, como a pedir-lhe, ao mesmo tempo, que não fosse e que não deixasse de ir, por isso que era tudo impossível entre eles.

Viu-a assim por um lapso, em sua beleza morena, real mas já se distanciando na penumbra ambiente que era para ele como a luz da memória. Quis emprestar tom natural ao olhar que lhe dava, mas em vão, pois sentia todo o seu ser evaporar-se em direção a ela. Mais tarde lembrar-se-ia não recordar nenhuma cor naquele instante de separação, apesar da lâmpada rosa que sabia estar acesa. Lembrar-se-ia haver-se dito que a ausência de cores é completa em todos os instantes de separação.

Seus olhares fulguraram por um instante um contra o outro, depois se acariciaram ternamente e, finalmente, se disseram que não havia nada a fazer. Disse-lhe adeus com doçura, virou-se e cerrou, de golpe, a porta sobre si mesmo numa tentativa de secionar aqueles dois mundos que eram ele e ela. Mas o brusco movimento de fechar prendera-lhe entre as folhas de madeira o espesso tecido da vida, e ele ficou retido, sem se poder mover do lugar, sentindo o pranto formar-se muito longe em seu íntimo e subir em busca de espaço, como um rio que nasce.

Fechou os olhos, tentando adiantar-se à agonia do momento, mas o fato de sabê-la ali ao lado, e dele separada por imperativos categóricos de suas vidas, não lhe dava forças para desprender-se dela. Sabia que era aquela a sua amada, por quem esperara desde sempre e que por muitos anos buscara em cada mulher, na mais terrível e dolorosa busca. Sabia, também, que o primeiro passo que desse colocaria em movimento sua máquina de viver e ele teria, mesmo como um autômato, de sair, andar, fazer coisas, distanciar-se dela cada vez mais, cada vez mais. E no entanto ali estava, a poucos passos, sua forma feminina que não era nenhuma outra forma feminina, mas a dela, a mulher amada, aquela que ele abençoara com os seus beijos e agasalhara nos instantes do amor de seus corpos. Tentou imaginá-la em sua dolorosa mudez, já envolta em seu espaço próprio, perdida em suas cogitações próprias — um ser desligado dele pelo limite existente entre todas as coisas criadas.

De súbito, sentindo que ia explodir em lágrimas, correu para a rua e pôs-se a andar sem saber para onde...

RETRATO DE MARIA LÚCIA

Tu vens de longe; a pedra
Suavizou seu tempo
Para entalhar-te o rosto
Ensimesmado e lento

Teu rosto como um templo
Voltado para o oriente
Remoto como o nunca
Eterno como o sempre

E que subitamente
Se aclara e movimenta
Como se a chuva e o vento

Cedessem seu momento
À pura claridade
Do sol do amor intenso!

Montevidéu, 1959

MISTÉRIO A BORDO

A bordo do *Claude Bernard*, a caminho de Montevidéu, cansado de muitas emoções — casamento da primeira filha, despedida dos amigos, mais uma partida para longe do Brasil —, entro às sete da noite em minha cabina, deito-me e pego no sono.

Mas de repente qualquer coisa me desperta.

Olho o relógio. É uma da madrugada. Ouço a trepidação do navio e sinto o seu doce balanço, como o de um berço. Deitada, a mão sob o rosto, a Bem-Amada, da cama ao lado, olha-me como uma criança. A luz do banheiro filtra uma suave claridade, que seria boa para uma nova incursão no sono, não fosse a angústia que, como um fardo progressivo, começa a oprimir-me o peito. Então levanto-me, ponho uma camisa esporte e saio para o convés de bombordo.

A noite é alta, negra, mas há duas estrelas no céu que resistiram ao teor da treva; mas não por muito tempo, pois logo desaparecem, deixando-me totalmente só. Busco-as ainda na escuridão impenetrável, feita maior pelas luzes do navio. Mesmo o mar, a vista não vai muito longe nele. Pressinto-o, todavia, por ali tudo à volta, taciturno e longo, berçando aquele navio que, inconsciente da sua enorme fragilidade, passeia sobre ele como um feixe de luzes flutuantes.

O vento faz-se mais frio. Volto à cabina, enfio um suéter, pego um bloco de papel e vou sentar-me no grande salão. Sinto necessidade de escrever, o quê, não saberia dizer.

Vontade, no entanto, de ficar assim sentado, com caneta e papel, à espera de alguma coisa.

Não disse alguém que o homem escreve para matar a morte? Talvez seja esse o sentimento que me coloca, a contragosto, nessa posição para mim meio ridícula, como um espírita em vias de psicografar mensagens do Além. Porque o Além está presente, disso não haja a menor dúvida. Provou-o agora mesmo um gato que, como um raio, atravessou o salão aos saltos e depois parou junto à porta para olhar-me, temeroso e eriçado, como se eu tivesse de súbito encarnado a Coisa que o perseguia antes.

"Você está louco...", digo eu ao gato, e como para me tranquilizar. Mas a mão do invisível arrepia-me levemente os pelos do braço, e o meu coração bate mais forte, alertado pelas sentinelas do medo. Olho em torno. O gato continua parado à porta, o rabo espetado, o dorso em arco, numa atitude de pavor e defesa. Mas a verdade é que não há nada. Aquele gato está querendo é ser contratado para o cinema.

Mas de repente ouço um horrível miado de terror e compreendo a razão do seu pânico, pois ele me foi em parte transmitido. Vinda do mar, uma enorme mariposa de cor cinza entrou direto sala adentro e partiu para cima do gato. Gatos sabidamente não têm medo de mariposas, mesmo quando se trate, como no caso, de uma dessas gordas e felpudas bruxas, que em seu instinto suicida atiram-se às cegas sobre tudo, desfazendo as asas em pó, que aliás dizem que cega. Mas que aquele gato morria de medo daquela mariposa, estava eu ali para prová-lo. Pois ele em absoluto ousava atacar o lepidóptero que esvoaçava à sua volta. Só quando ela pousou, noturna e esfingética, sobre a borda do pano da mesa onde eu estava, ousou ele partir, numa corrida elástica, mergulhando escada abaixo para o convés inferior.

Olhei a bruxa pousada a meu lado. Nunca tinha visto uma tão grande. Meus cabelos eriçaram-se ao longo da nuca. Devia estar cansada de sua longa viagem desde terra. Não, eu não teria medo dela. Cheguei-lhe, por trás, a mão em concha, e prendi-lhe fortemente o corpo pelas asas. Ela debateu-se um pouco entre meus dedos, mas, sentindo-se dominada, aquietou-se. Fui até a amurada e joguei-a longe, contra a noite. De suas asas, restou sobre a polpa de meus dedos um finíssimo pó cinzento. Ao entrar, num gesto cuja razão não sei a que atribuir, calquei sobre a pintura branca da parede a impressão digital do meu polegar direito.

Morte, misteriosa mariposa...

UMA MÚSICA QUE SEJA...

... como os mais belos harmônicos da natureza. Uma música que seja como o som do vento na cordoalha dos navios, aumentando gradativamente de tom até atingir aquele em que se cria uma reta ascendente para o infinito. Uma música que comece sem começo e termine sem fim. Uma música que seja como o som do vento numa enorme harpa plantada no deserto. Uma música que seja como a nota lancinante deixada no ar por um pássaro que morre. Uma música que seja como o som dos altos ramos das grandes árvores vergastadas pelos temporais. Uma música que seja como o ponto de reunião de muitas vozes em busca de uma harmonia nova. Uma música que seja como o voo de uma gaivota numa aurora de novos sons...

RETRATO DE PORTINARI

Com o próximo casamento e partida para a Europa de minha filha Susana, andei arquitetando um meio de extorquir-lhe o meu retrato feito por Candinho Portinari em 1938, que ora lhe pertence, de que muito gosto e que deve ter, aliás, na obra do pintor, uma certa importância, pois foi o primeiro, ao que eu saiba, realizado com inteira liberdade, depois da grande série de "retratos sociais" (chamemo-los assim sem qualquer desdouro, nem para o artista, nem para os retratados) que ele andou pintando de alguns membros ilustres de nossa sociedade e de nossa inteligência. Lembra-me mesmo que ao me propor fazê-lo, sabendo que eu estava de partida para a Inglaterra, Candinho sugeriu-me, com aquela eterna rabugice sua, que eu o deixasse pintar livremente, pois estava um pouco cansado do gênero de retratos que fazia e que tanto afagavam a vaidade da maioria dos retratados. Sei que em duas poses, em sua antiga casa das Laranjeiras, o retrato estava pronto e era como se se respirasse um novo ar dentro dele. Dias depois, estando eu no cais para embarcar em minha primeira grande viagem, chega ele sobraçando o retrato, que me vinha oferecer.

A razão por que eu andei arquitetando extorquir o retrato a minha filha é simples: é que a minha Bem-Amada foi também retratada por Portinari nessa fase a que chamei "social", e eu muito gostaria de ver um dia nossos retratos juntos na parede, as técnicas brigando um pouco, mas juntos na parede, como deve ser. Mas a primogênita foi inflexível, no egoísmo do seu amor filial. Cheguei mesmo à baixeza — sabendo que ela andava precisada de um dinheirinho para as miudezas do seu casamento — de propor-lhe comprar o quadro; mas a proposta a indignou sobremaneira, coisa que, no fundo, satisfez também meu orgulho de pai quanto ao seu bom caráter. Sugeri-lhe que ela o deixasse em consignação, durante o que ainda me restar de vida; pois sendo uma jovem de dezenove anos, e eu um homem de 45, às portas de tornar-me avô, o normal é que ela me facilitasse, diante do pouco tempo que me resta, essa pequena satisfação de juntar na mesma parede dois Portinaris que se amam, enquanto que a ela caberia muito mais tempo para usufruí-lo. Mas, sem ceder um palmo, a primogênita observou-me que nós, que temos Mello Moraes no sangue, somos gente muito longeva, e pode acontecer que, ao "abotoar o paletó", como se diz por aí, eu esteja na casa dos noventa, como aconteceu com meu avô paterno. Obtemperei-lhe que fumo desde os catorze e bebo uísque desde os 25, além de outras extravagâncias, e que o provável é que as coronárias, ou o fígado, mostrem antes disso os sinais do seu repúdio a esses excitantes. Mas minha filha retrucou-me no mesmo diapasão que meu avô fazia pior que isso: comia feijoada e peixadas "caindo de pimenta", na avançada idade de oitenta anos, e que, a fiar-se na minha conversa, ela corria o risco de só entrar em posse do retrato quando macróbia ela própria, o que lhe subtrairia o prazer de dizer-se, enquanto moça, possuidora de um bom Portinari, ainda mais tratando-se do retrato do "meu pai".

Embora tudo isso me tivesse deixado na maior consternação, suportei com o estoicismo de sempre essa nova prova de rebeldia dos filhos modernos, lembrando-me de que há meio século poderia perfeitamente reaver o retrato com dois berros e uma boa bolacha. Mas não há de ser nada. Pode levar o quadro para Marselha, filhinha... Conte vantagem para suas amigas de que você tem o retrato do seu pai pintado por Portinari. Os filhos modernos são assim mesmo — não conhecem mais a beleza da verdadeira devoção filial. Mas também eu lhe digo uma coisa: aproveite rápido do retrato, porque breve essa sopa vai acabar, e o antigo e sadio costume da palmatória voltará a prevalecer. E para começo de conversa, me faça o favor de agora em diante só dirigir-se a mim de olhos baixos e tratando-me de "senhor meu pai"!

O POETA APRENDIZ

Ele era um menino
Valente e caprino
Um pequeno infante
Sadio e grimpante.
Anos tinha dez
E asinhas nos pés
Com chumbo e bodoque
Era plic e ploc.
O olhar verde-gaio
Parecia um raio
Para tangerina
Pião ou menina.
Seu corpo moreno
Vivia correndo
Pulava no escuro
Não importa que muro
E caía exato
Como cai um gato.
No diabolô
Que bom jogador
Bilboquê então
Era plim e plão.
Saltava de anjo
Melhor que marmanjo
E dava o mergulho
Sem fazer barulho.
No fundo do mar
Sabia encontrar
Estrelas, ouriços
E até deixa-dissos.

Às vezes nadava
Um mundo de água
E não era menino
Por nada mofino
Sendo que uma vez
Embolou com três.
Sua coleção
De achados do chão
Abundava em conchas
Botões, coisas tronchas
Seixos, caramujos
Marulhantes, cujos
Colocava ao ouvido
Com ar entendido
Rolhas, espoletas
E malacachetas
Cacos coloridos
E bolas de vidro
E dez pelo menos
Camisas de vênus.
Em gude de bilha
Era maravilha
E em bola de meia
Jogando de meia-
Direita ou de ponta
Passava da conta
De tanto driblar.
Amava era amar.
Amava sua ama
Nos jogos de cama

Amava as criadas
Varrendo as escadas
Amava as gurias
Da rua, vadias
Amava suas primas
Levadas e opimas
Amava suas tias
De peles macias
Amava as artistas
Das cinerrevistas
Amava a mulher
A mais não poder.
Por isso fazia
Seu grão de poesia
E achava bonita
A palavra escrita.
Por isso sofria.
Da melancolia
De sonhar o poeta
Que quem sabe um dia
Poderia ser.

Montevidéu, 2/11/1958

O DIA DO MEU PAI

Faz hoje nove anos que Clodoaldo Pereira da Silva Moraes, homem pobre mas de ilustre estirpe, desincompatibilizou-se com este mundo. Teve ele, entre outras prebendas encontradas no seu modesto, mas lírico caminho, a de ser meu pai. E como, ao seu tempo, não havia ainda essa engenhosa promoção (para usar do anglicismo tão em voga) de imprensa chamada "O Dia do Papai" (com a calorosa bênção, diga-se, dos comerciantes locais), eu quero, em ocasião, trazer nesta crônica o humilde presente que nunca lhe dei quando menino; não só porque, então, a data não existia, como porque o pouco numerário que eu conseguia, quando em calças curtas, era furtado às suas algibeiras; furtos cuidadosamente planejados e executados cedo de manhã, antes que ele se levantasse para o trabalho, e que não iam nunca além de uma moeda daquelas grandes de quatrocentos réis. Eu tirava um prazer extraordinário dessas incursões ao seu quarto quente de sono, e operava em seus bolsos de olho grudado nele, ouvindo-lhe o doce ronco que era para mim o máximo. Quem nunca teve um pai que ronca não sabe o que é ter pai.

Se Clodoaldo Pereira da Silva Moraes e eu trocamos dez palavras durante a sua vida, foi muito. Bom dia, como vai, até a volta — às vezes nem isso. Há pessoas com quem as palavras são desnecessárias. Nos entendíamos e amávamos mudamente, meu pai e eu. Talvez pelo fato de sua figura emocionar-me tanto, evitei sempre pisar com ele o terreno das coisas emocionais, pois estou certo de que, se começássemos a falar, cairíamos os dois em pranto, tão grandes eram em nós os motivos para chorar: tudo o que podia ter sido e que não foi; tudo o que gostaríamos de dar um ao outro, e aos que nos eram mais caros, e não podíamos; o orgulho de um pai poeta inédito por seu filho publicado e premiado e o desejo nesse filho de que fosse o contrário... — tantas coisas que faziam os nossos olhos não se demorarem demais quando se encontravam e tornavam as nossas palavras difíceis. Porque a vontade mesmo era a de me abraçar com ele, sentir-lhe a barba na minha, afagar-lhe os raros cabelos e prantearmos juntos a nossa inépcia para construir um mundo palpável.

De meus amigos que conheceram meu pai, talvez Augusto Frederico Schmidt e Otávio de Faria sejam os que melhor podem testemunhar de sua paciência para com a vida e da enorme bondade do seu coração. E de sua generosidade. Fosse ele um homem rico, e nunca filhos teriam tido mais. Sempre me lembra os Natais passados na pequena casa da ilha do Governador, e a maratona que fazíamos, meus irmãos e eu, quando o bondinho que o trazia do Galeão, onde atracavam as barcas, rangia na curva e se aproximava, bamboleante e cheio de luzes, do ponto de parada junto à grande amendoeira da praia de Cocotá. Eram pencas de presentes, por vezes presentes de pai abastado, como o jogo de peças de armar, certamente de procedência americana, com que me regalou e com que construí, anos a fio, pontes, moinhos, edifícios, guindastes e tudo o mais. E os fabulosos *Almanaques do Tico-Tico*, lidos e relidos, e de onde, uma vez exaurida a matéria, recortávamos as figuras queridas de Gibi, Chiquinho, Lili, e Zé Macaco.

Como poeta, meu pai foi um pós-parnasiano com um pé no simbolismo. É conto familiar que Bilac, seu amigo, animou-o a publicar seus versos, que as mãos filiais de minha irmã Letícia deveriam, depois, amorosamente, copiar e reunir num grande caderno de capa preta. Há um soneto seu que me celebra ainda no ventre materno. Eu também escrevi em sua memória uma elegia em lágrimas, no escuro de minha sala em Los Angeles, quando, no dia 30 de julho de 1950, a voz materna, em sinistras espirais metálicas, anunciou-me pelo telefone intercontinental, às três da madrugada, a sua morte.

Rio, 30/7/1959

O MAIS-QUE-PERFEITO

Ah, quem me dera ir-me
Contigo agora
Para um horizonte firme
(Comum, embora…)
Ah, quem me dera ir-me!

Ah, quem me dera amar-te
Sem mais ciúmes
De alguém em algum lugar
Que não presumes…
Ah, quem me dera amar-te!

Ah, quem me dera ver-te
Sempre a meu lado
Sem precisar dizer-te
Jamais: cuidado…
Ah, quem me dera ver-te!

Ah, quem me dera ter-te
Como um lugar
Plantado num chão verde
Para eu morar-te
Morar-te até morrer-te…

Montevidéu, 1/11/1958

MÉDICO DE FLORES

Já poderia — como aquele ingênuo novo-rico que gravou nos seus cartões de visita: *Fulano de Tal, ex-passageiro do "Cap Arcona"* — mandar colocar nos meus, se os tivesse: *V. de M., ex-passageiro do "Caravelle"*. Pois a verdade é que acabei de ingressar na era do jacto puro, com um voo de Montevidéu a Buenos Aires. Voo fulminante, pois mal subimos e o piloto já estava resolvendo os problemas da descida. Devido à curta distância (para um jacto) do trajeto, não foi possível tomar a altura ideal de 12 mil metros, onde a serenidade é quase total e a vibração quase nula; mas de qualquer maneira achamos, a Bem-Amada e eu, emocionante voarmos a 7 mil metros, numa velocidade de oitocentos quilômetros horários e a uma temperatura externa de $30°$ abaixo de zero. E dentro do avião tudo quentinho como deve ser.

No chão, que ainda é melhor, a temperatura está também como deve ser, nesta boa cidade de Buenos Aires. Ainda há pouco, ao andar rodando por aí tudo, lembrei-me de mim mesmo, faz catorze anos, passeando por estas mesmas ruas em companhia de Aníbal Machado e Moacir Werneck de Castro. Éramos mais moços de quase três lustros e estávamos contentes da vida porque tínhamos escapado por milagre do desastre do six-motor francês Lionel de Marmier (num voo entre Rio e B. A.), que conseguiu amarar ninguém sabe como numa lagoa próxima à cidade de Rocha, em pleno pampa uruguaio, depois de ter tido a nacela cortada de alto a baixo por uma das hélices, que se desprendera do motor e entrara avião adentro, numa carnificina que mais vale não lembrar. O tempo do desastre foi de seis minutos: seis terríveis minutos de expectativa da morte. Valha-nos, na era do jacto puro, saber que o indivíduo provavelmente desintegra, em caso de acidente.

Hoje, domingo, 25, fizemos, em companhia do meu mui caro, leal e valoroso amigo Lauro Escorel, secretário de embaixada em B. A., uma grande rodada de automóvel que nos levou para lá do Palermo. A cidade dominical era tranquila, fria e com um céu de névoas. Lembro-me de que, num determinado momento, ao passarmos por uma enorme edificação toda murada, disse-nos o ensaísta de *O pensamento político de Maquiavel* ser ali o lugar onde são tratadas as águas que abastecem Buenos Aires. Fiquei pensando que, mais ainda que ex-passageiro do *Caravelle*, gostaria de ter nos meus cartões de visita: *V. de M., médico de águas*. Assim seria apresentado às pessoas nas festas, em vez de como poeta ou diplomata. E ante a estranheza que lhes causaria o título, eu confirmaria gravemente: "Sim, minha senhora, médico de águas, para servi-la...".

Depois a imaginação se me partiu, e eu fiquei achando que médico de flores seria ainda mais belo. Que linda e honesta profissão a ter! E como eu seria o único no Rio, não chegaria para as encomendas, com uma clientela de fazer inveja a meus amigos os drs. Clementino Fraga Filho, Marcelo Garcia e Ivo Pitanguy, dentro de suas especialidades. Estaria assim muito bem no meu consultório e de repente minha mãe, aflitíssima, telefonaria: "Meu filho, vem depressa que minhas rosas estão morrendo...". E eu partiria com a minha maletinha, para auscultar o coração das rosas, aplicar-lhes a coramina das flores, fazer-lhes transfusão de seiva, reavivar-lhes as cores, a fragrância, a beleza. E mal chegado a casa já haveria recados de milhões de amigas preocupadíssimas com suas azáleas, seu rododendros, seus antúrios. E eu voltaria feliz e diria com orgulho e alegria à Bem-Amada: "Acho que consegui salvar as rosas de minha mãe". E a Bem-Amada ficaria muito contente e me daria um beijo. E eu daria também consultas a flores pobres, e

na rua todas as damas me sorririam com simpatia e respei-
to, cumprimentando-me com graciosos ademanes. E eu as
cumprimentaria de volta, com a circunspecção que deve ter
um médico de flores.

Buenos Aires, outubro de 1959

A MEDIDA DO ABISMO

Não é o grito
A medida do abismo?
Por isso eu grito
Sempre que cismo
Sobre tua vida
Tão louca e errada…
— Que grito inútil!
— Que imenso nada!

O AMOR POR ENTRE O VERDE

Não é sem frequência que, à tarde, chegando à janela, eu vejo um casalzinho de brotos que vem namorar sobre a pequenina ponte de balaustrada branca que há no parque. Ela é uma menina de uns treze anos, o corpo elástico metido nuns *blue jeans* e num suéter folgadão, os cabelos puxados para trás num rabinho de cavalo que está sempre a balançar para todos os lados; ele, um garoto de, no máximo, dezesseis, esguio, com pastas de cabelo a lhe tombar sobre a testa e um ar de quem descobriu a fórmula da vida. Uma coisa eu lhes asseguro: eles são lindos, e ficam montados, um em frente ao outro, no corrimão da colunata, os joelhos a se tocarem, os rostos a se buscarem a todo momento para pequenos segredos, pequenos carinhos, pequenos beijos. São, na sua extrema juventude, a coisa mais antiga que há no parque, incluindo velhas árvores que por ali espapaçam sua verde sombra; e as momices e brincadeiras que se fazem dariam para escrever todo um tratado sobre a arqueologia do amor, pois têm uma tal ancestralidade que nunca se há de saber a quantos milênios remontam.

Eu os observo por um minuto apenas para não perturbar-lhes os jogos de mão e misteriosos brinquedos mímicos com que se entretêm, pois suspeito de que sabem de tudo o que se passa à sua volta. Às vezes, para descansar da posição, encaixam-se os pescoços e repousam os rostos um sobre o ombro do outro, como dois cavalinhos carinhosos, e eu vejo então os olhos da menina percorrerem vagarosamente as coisas em torno, numa aceitação dos homens, das coisas e da natureza, enquanto os do rapaz mantêm-se fixos, como a perscrutar desígnios. Depois voltam à posição inicial e se olham nos olhos, e ela afasta com a mão os cabelos de sobre a fronte do namorado, para vê-lo melhor, e sente-se que eles se amam e dão suspiros de cortar o coração. De repente o menino parte para uma brutalidade qualquer, torce-lhe o pulso até ela dizer-lhe o que ele quer ouvir, e ela agarra-o pelos cabelos, e termina tudo, quando não há passantes, num longo e meticuloso beijo.

Que será, pergunto-me eu em vão, dessas duas crianças que tão cedo começam a praticar os ritos do amor? Prosseguirão se amando, ou de súbito, na sua jovem incontinência, procurarão o contato de outras bocas, de outras mãos, de outros ombros? Quem sabe se amanhã, quando eu chegar à janela, não verei um rapazinho moreno em lugar do louro ou uma menina com a cabeleira solta em lugar dessa com os cabelos presos?

E se prosseguirem se amando, pergunto-me novamente em vão, será que um dia se casarão e serão felizes? Quando, satisfeita a sua jovem sexualidade, se olharem nos olhos, será que correrão um para o outro e se darão um grande abraço de ternura? Ou será que se desviarão o olhar, para pensar cada um consigo mesmo que ele não era exatamente aquilo que ela pensava e ela era menos bonita ou inteligente do que ele a tinha imaginado?

É um tal milagre encontrar, nesse infinito labirinto de desenganos amorosos, o ser verdadeiramente amado... Esqueço o casalzinho no parque para perder-me por um momento na observação triste, mas fria, desse estranho baile de desencontros, em que frequentemente aquela que devia ser daquele acaba por bailar com outro porque o esperado nunca chega; e este, no entanto, passou por ela sem que ela o soubesse, suas mãos sem querer se tocaram, eles olharam-se nos olhos por um instante e não se reconheceram.

E é então que esqueço de tudo e vou olhar nos olhos de minha bem-amada como se nunca a tivesse visto antes. É ela, Deus do céu, é ela! Como a encontrei, não sei. Como chegou até aqui, não vi. Mas é ela, eu sei que é ela porque há um rastro de luz quando ela passa; e quando ela me abre os braços eu me crucifico neles banhado em lágrimas de ternura; e sei que mataria friamente quem quer que lhe causasse dano; e gostaria que morrêssemos juntos e fôssemos enterrados de mãos dadas, e nossos olhos indecomponíveis ficassem para sempre abertos mirando muito além das estrelas.

OLHE AQUI, MR. BUSTER

Este poema é dedicado a um americano simpático, extrovertido e podre de rico, em cuja casa estive poucos dias antes de minha volta ao Brasil, depois de cinco anos de Los Angeles, EUA. Mr. Buster não podia compreender como é que eu, tendo ainda o direito de permanecer mais um ano na Califórnia, preferia, com grande prejuízo financeiro, voltar para a "Latin America", como dizia ele. Eis aqui a explicação, que Mr. Buster certamente não receberá, a não ser que esteja morto e esse negócio de espiritismo funcione.

Olhe aqui, Mr. Buster: está muito certo
Que o Sr. tenha um apartamento em Park Avenue e uma
                    [casa em Beverly Hills.
Está muito certo que em seu apartamento de Park Avenue
O Sr. tenha um caco de friso do Partenon, e no quintal de
                    [sua casa em Hollywood
Um poço de petróleo trabalhando de dia para lhe dar
                    [dinheiro e de noite para lhe dar insônia.
Está muito certo que em ambas as residências
O Sr. tenha geladeiras gigantescas capazes de conservar
                    [o seu preconceito racial
Por muitos anos a vir, e *vacuum cleaners* com mais chupo
Que um beijo de Marilyn Monroe, e máquinas de lavar
Capazes de apagar a mancha de seu desgosto de ter posto
                    [tanto dinheiro em vão na guerra da Coreia.
Está certo que em sua mesa as torradas saltem
                    [nervosamente de torradeiras automáticas
E suas portas se abram com célula fotelétrica. Está muito
                    [certo

Que o Sr. tenha cinema em casa para os meninos verem
[filmes de mocinho
Isto sem falar nos quatro aparelhos de televisão e na
[fabulosa *hi-fi*
Com alto-falantes espalhados por todos os andares,
[inclusive nos banheiros.
Está muito certo que a Sra. Buster seja citada uma vez por
[mês por Elsa Maxwell
E tenha dois psiquiatras: um em Nova York, outro em
[Los Angeles, para as duas "estações" do ano.
Está tudo muito certo, Mr. Buster — o Sr. ainda acabará
[governador do seu estado
E sem dúvida presidente de muitas companhias de petróleo,
[aço e consciências enlatadas.
Mas me diga uma coisa, Mr. Buster
Me diga sinceramente uma coisa, Mr. Buster:
O Sr. sabe lá o que é um choro de Pixinguinha?
O Sr. sabe lá o que é ter uma jabuticabeira no quintal?
O Sr. sabe lá o que é torcer pelo Botafogo?

O CASAMENTO DA LUA

O que me contaram não foi nada disso. A mim, contaram-me o seguinte: que um grupo de bons e velhos sábios, de mãos enferrujadas, rostos cheios de rugas e pequenos olhos sorridentes, começaram a reunir-se todas as noites para olhar a Lua, pois andavam dizendo que nos últimos cinco séculos sua palidez tinha aumentado consideravelmente. E de tanto olharem através de seus telescópios, os bons e velhos sábios foram assumindo um ar preocupado e seus olhos já não sorriam mais; puseram-se, antes, melancólicos. E contaram-me ainda que não era incomum vê-los, peripatéticos, a conversar em voz baixa enquanto balançavam gravemente a cabeça.

E que os bons e velhos sábios haviam constatado que a Lua estava não só muito pálida, como envolta num permanente halo de tristeza. E que mirava o Mundo com olhos de um tal langor e dava tão fundos suspiros — ela que por milênios mantivera a mais virginal reserva — que não havia como duvidar: a Lua estava pura e simplesmente apaixonada. Sua crescente palidez, aliada a uma minguante serenidade e compostura no seu noturno nicho, induzia uma só conclusão: tratava-se de uma Lua nova, de uma Lua cheia de amor, de uma Lua que precisava dar. E a Lua queria dar-se justamente àquele de quem era a única escrava e que, com desdenhosa gravidade, mantinha-a confinada em seu espaço próprio, usufruindo apenas de sua luz e dando azo a que ela fosse motivo constante de poemas e canções de seus menestréis, e até mesmo de ditos e graças de seus bufões, para distraí-lo em suas periódicas hipocondrias de madurez.

Pois não é que ao descobrirem que era o Mundo a causa do sofrimento da Lua, puseram-se os bons velhos sábios a dar gritos de júbilo e a esfregar as mãos, piscando-se os olhos e dizendo-se chistes que, com toda a franqueza, não ficam nada bem em homens de saber... Mas o que se há de fazer? Frequentemente, a velhice, mesmo sábia, não tem nenhuma noção do ridículo nos momentos de alegria, podendo mesmo chegar a dançar rodas e sarabandas, numa curiosa volta à infância. Por isso perdoemos aos bons e velhos sábios, que se assim faziam é porque tinham descoberto os males da Lua, que eram males de amor. E males de amor curam-se com o próprio amor — eis o axioma científico a que chegaram os eruditos anciãos, e que escreveram no final de um longo pergaminho crivado de números e equações, no qual fora estudado o problema da crescente palidez da Lua.

Virgens apaixonadas, disseram-se eles, precisam casar-se urgentemente com o objeto de sua paixão. Mas, disseram-se eles ainda, o que pensaria disso o desdenhoso Mundo, preocupado com as suas habituais conquistas? O problema era dos mais delicados, pois não se inculca tão facilmente, em seres soberanos, a ideia de desposarem suas escravas. Todavia, como havia precedentes, a única coisa a fazer era tentar. Do contrário operar-se-ia uma partenogênese na Lua, o que seria em extremo humilhante e sem graça para ela. Não. Proceder-se-ia a uma inseminação artificial, e, uma vez o fato consumado, por força haveria de se abrandar o coração do Mundo.

E assim se fez. Durante meses estudaram os homens de saber, entre seus cadinhos e retortas, e com grande gasto de papel e tinta, o projeto de um lindo corpúsculo seminal que pudesse fecundar a Lua. Um belo dia ei-lo que fica pronto, para gáudio dos bons e velhos sábios, que o festejaram profusamente com danças e bebidas, tendo havido mesmo alguns que, de tão incontinentes, deixaram-se a dormir no chão de seus laboratórios, a roncar como pagãos. Chamaram-no Lunik, como devia ser. E uma noite, em que o Mundo agitado pôs-se a sonhar sonhos eróticos, subitamente partiu ele, o lindo corpúsculo seminal, sequioso e certeiro em direção à Lua, que, em sua emoção pré-nupcial, mostrava com um despudor desconhecido nela as manchas mais capitosas de seu branco corpo à espera. Foi preciso que o Vento, seu antigo guardião, escandalizado, se pusesse a soprar nuvens por todos os lados, com toda a força de suas bochechas, para encobrir o firmamento com véus de bruma, de modo a ocultar a volúpia da Lua expectante, a altear os quartos nas mais provocadoras posições.

Hoje, fecundada, ela voltou finalmente ao céu, serena e radiosa como nunca a vira dantes. Pela expressão com que me olhou, penso que já está grávida. Ou muito me engano, ou amanhã deve estar cheia.

A ÚLTIMA VIAGEM DE JAYME OVALLE

Ovalle não queria a Morte
Mas era dele tão querida
Que o amor da Morte foi mais forte
Que o amor do Ovalle à vida.

E foi assim que a Morte, um dia
Levou-o em bela carruagem
A viajar — ah, que alegria!
Ovalle sempre adora viagem!

Foram por montes e por vales
E tanto a Morte se aprazia
Que fosse o mundo só de Ovalles
E nunca mais ninguém morria.

A cada vez que a Morte, a sério
Com cicerônica prestança
Mostrava a Ovalle um cemitério
Ele apontava uma criança.

A Morte, em Londres e Paris
Levou-o à forca e à guilhotina
Porém em Roma, Ovalle quis
Tomar a sua canjebrina.

Mostrou-lhe a Morte as catacumbas
E suas ósseas prateleiras
Mas riu-se muito, tais zabumbas
Fazia Ovalle nas caveiras.

Mais tarde, Ovalle satisfeito
Declara à Morte, ambos de porre:
— Quero enterrar-me, que é um direito
Inalienável de quem morre!

Custou-lhe esforço sobre-humano
Chegar à última morada
De vez que a Morte, a todo pano
Queria dar uma esticada.

Diz o guardião do campo-santo
Que, noite alta, ainda se ouvia
A voz da Morte, um tanto ou quanto
Que ria, ria, ria, ria…

DE POMBOS E DE GATOS

Um dos meus grandes encantos em Florença, onde, em 1952, passei cerca de um mês, era ver da janela do meu quinto andar, no hotel Nazionale, a madrugada toscana romper sobre a Piazza Santa Maria Novella. Habituei-me de tal modo a isso que, nos meus hábitos de noctâmbulo, esticava a noite até o amanhecer, só pelo prazer de ver a luz rósea do sol florentino descobrir e incendiar os mármores da fachada da igreja de Santa Maria Novella, bem como o claustro verde que fica à sua esquerda e as elegantes arcadas do fundo, onde existem as terracotas de Andrea e Giovanni della Robbia. Mas o prazer desse minuto de luz acabaria por resultar monótono, não se lhe seguisse um dos mais extraordinários *divertissements* a que já me foi dado assistir, misto de balé, cinema e circo romano, sem falar que cheio de ensinamentos sobre a vida e arte de viver perigosamente.

O caso é que, aos primeiros vestígios de luz, começava-se a ouvir por ali em torno um brando ruflar de asas que, com o despontar do sol, crescia num espesso burburinho ao qual vinham se unir doces arrulhos. E o ambiente, em suas cores rosa, verde, laranja e terracota, adquiria uma maciez de plumas; e logo asas brancas e trigueiras começavam a tatalar em largos voos e algumas desciam em voos rasantes; e toda uma população de pombos, habitantes daqueles mil escaninhos, como só pode proporcionar a arquitetura antiga, vinha pousar na praça.

A coisa ficava assim por uns poucos minutos; e em breve apareciam, infalivelmente, no belo logradouro, três padres e cinco gatos. Cabe dizer, em nome da verdade, que os padres chegavam bem menos sorrateiramente que os gatos e, estou certo, com intenções muito menos maléficas; pois se vinham os padres para se aquecer um pouco ao sol e ler seus breviários, os gatos surgiam, esgueirando-se das ruas laterais, para cumprir uma fatalidade do seu destino, que é de comer pombos. E com a malícia que lhes é peculiar, colocavam-se pacientemente em posições estratégicas, sob automóveis encostados ao meio-fio, à espera do momento azado para o bote.

Deus sabe que, entre gatos e pombos, eu sou francamente pela primeira espécie. Acho os pombos um povo horrivelmente burguês, com o seu ar bem-disposto e contente da vida, sem falar na baixeza de certas características de sua condição, qual seja a de, eventualmente, se entredevorarem quando engaiolados. Mas no caso especial da Piazza Santa Maria Novella, devo confessar que era torcida incondicional dos pombos; e só passei a torcer pelos gatos no final, quando, defrontado com a realidade de sua terrível humilhação, e provável neurose subsequente, achei que não faria nenhuma falta à comunidade a desaparição de uma meia dúzia de columbinos, em benefício do sistema nervoso dos pobres gatos. Pois era quase doloroso ver o fracasso constante de suas desesperadas tentativas de caçar um pombinho que fosse. E garanto que eles empregavam todas as técnicas tradicionais dos gatos, desde a paciente emboscada, até a carreira às cegas, com saltos desordenados para todos os lados.

Tudo em vão. Porque, a cada arremetida, os pombos limitavam-se a dar pequenos voos que criavam verdadeiros túneis para os gatos, que os percorriam em furiosas e inúteis investidas. E o pior é que cada pombo, passado o rojão, pousava como se nada tivesse havido, e continuava na sua estúpida ciscação do chão da praça, na mais total indiferença diante de seu velho inimigo. Coisa que, positivamente, devia deixar os gatos loucos. Haja vista um que um dia eu vi, depois de numerosos ataques frustrados, a morder como um possesso o pneu de um Chevrolet, e por cuja sanidade mental não poria de maneira alguma a mão na Bíblia.

CARTA AOS PUROS

Ó vós, homens sem sol, que vos dizeis os Puros
E em cujos olhos queima um lento fogo frio
Vós de nervos de *nylon* e de músculos duros
Capazes de não rir durante anos a fio.

Ó vós, homens sem sal, em cujos corpos tensos
Corre um sangue incolor, da cor alva dos lírios
Vós que almejais na carne o estigma dos martírios
E desejais ser fuzilados sem o lenço.

Ó vós, homens iluminados a néon
Seres extraordinariamente rarefeitos
Vós que vos bem amais e vos julgais perfeitos
E vos ciliciais à ideia do que é bom.

Ó vós, a quem os bons amam chamar de os Puros
E vos julgais os portadores da verdade
Quando nada mais sois, à luz da realidade
Que os súcubos dos sentimentos mais escuros.

Ó vós que só viveis nos vórtices da morte
E vos enclausurais no instinto que vos ceva
Vós que vedes na luz o antônimo da treva
E acreditais que o amor é o túmulo do forte.

Ó vós que pedis pouco à vida que dá muito
E erigis a esperança em bandeira aguerrida
Sem saber que a esperança é um simples dom da vida
E tanto mais porque é um dom público e gratuito.

Ó vós que vos negais à escuridão dos bares
Onde o homem que ama oculta o seu segredo
Vós que viveis a mastigar os maxilares
E temeis a mulher e a noite, e dormis cedo.

Ó vós, os curiais; ó vós, os ressentidos
Que tudo equacionais em termos de conflito
E não sabeis pedir sem ter recurso ao grito
E não sabeis vencer se não houver vencidos.

Ó vós que vos comprais com a esmola feita aos pobres
Que vos dão Deus de graça em troca de alguns restos
E maiusculizais os sentimentos nobres
E gostais de dizer que sois homens honestos.

Ó vós, falsos Catões, chichisbéus de mulheres
Que só articulais para emitir conceitos
E pensais que o credor tem todos os direitos
E o pobre devedor tem todos os deveres.

Ó vós que desprezais a mulher e o poeta
Em nome de vossa vã sabedoria
Vós que tudo comeis mas viveis de dieta
E achais que o bem do alheio é a melhor iguaria.

Ó vós, homens da sigla; ó vós, homens da cifra
Falsos chimangos, calabares, sinecuros
Tende cuidado porque a Esfinge vos decifra...
E eis que é chegada a vez dos verdadeiros puros.

A OUTRA FACE DE LUCINA

Tomei conhecimento da outra face da Lua — "minha velha amiga, a Lua", como disse Ciro Monteiro num samba inédito que me é dedicado — ao chegar de Buenos Aires. Mirei e remirei a fotografia estampada em *El País* com um sentimento misto de humildade e assombro. Durante milênios esteve ela oculta, esta outra face da velha amiga, e, de repente, um aparelho fotográfico colocado pela mão do homem num foguete teleguiado fotografa e envia por rádio-ondas para a Terra estes espantosos instantâneos. Espantosos não em si, mas pelo que representam de grandeza do homem diante do Infinito; pelo que têm de maravilhoso no plano da inteligência do homem: esse microcosmo de células e centros nervosos a trabalharem, em seu sangrento excipiente, as fórmulas da conquista do espaço e do equilíbrio da matéria.

Eis que a Ciência, esse sistema exato de conhecimentos, ultrapassa os campos da imaginação... Cuidado, artistas, escritores, poetas, homens que viveis de criar mundos imaginários! Os cientistas, dentro do seu minucioso mundo matemático, invadem também o vosso, e com que grau de beleza! Ao conseguirem fotografar com suas teleobjetivas os campos da ficção pura — essa outra face da Lua oculta desde sempre ao homem pelo equilíbrio mesmo do Universo — agigantam-se sobre os mais altos artífices da imaginação. Realmente penetram o Infinito, na mais prodigiosa viagem de que já houve notícia.

Para mim, devoto que sou da serena e mágica Lucina, a nova revelação possui uma beleza dificilmente superável. Pois não vivi eu também todos esses anos à espera de descobrir a outra face desse ser a um tempo real e distante,

misterioso e claro, luminoso e indevassável que se chama
Mulher? E não foi preciso que ela descesse à Terra e, sob as
aparências do amor, desvendasse só para mim os segredos
de sua outra face, oculta desde o início dos tempos?

Montevidéu, maio de 1959

NOA NOA

Outro dia, ou melhor, outra noite, estava eu sentado na minha sala diante de uma bela reprodução de Gauguin, comprada aqui em Montevidéu. A reprodução fica sobre a lareira, no centro da sala, e representa duas lindas *vahinés* taitianas, com os seus pareôs coloridos, posando para o dramático pintor, contra um fundo verde-amarelo de vegetação. A moça da esquerda (vista pelo observador) traz nas mãos uma cestinha de palha cheia de flores de um laranja avermelhado, sobre a qual parecem repousar também seus esplêndidos seios nus. Mira ela o pintor com um ar de um tal mistério (ou será de uma misteriosa malícia?) que dá para a gente ficar pensando... À direita do quadro, sua jovem companheira, também olhando de meio-perfil para o pintor, parece ter acabado de segredar-lhe alguma coisa.

Que estariam elas dizendo? Olhei-as bem, em sua curiosa postura, e, ao fim de dez minutos, não tive nenhuma dúvida. A *vahiné* da direita segredara à sua amiga:

— Ele é divino, você não acha?

— Ora se acho!

— Você já...

— Ainda não. Mas vou passar ele na cara hoje mesmo, ah, isso eu vou!

— Depois você deixa eu dar uma voltinha?

— Psiu... Cuidado que ele está olhando para cá...

— Ah deixa...

E ninguém precisou torcer o braço de Gauguin para ele ter mais uma adorável noite taitiana...

O POETA

Olhos que recolhem
Só tristeza e adeus
Para que outros olhem
Com amor os seus.

Mãos que só despejam
Silêncios e dúvidas
Para que outras sejam
Das suas, viúvas.

Lábios que desdenham
Coisas imortais
Para que outros tenham
Seu beijo demais.

Palavras que dizem
Sempre um juramento
Para que precisem
Dele, eternamente.

A ARTE DE SER VELHO

É curioso como, com o avançar dos anos e o aproximar da morte, vão os homens fechando portas atrás de si, numa espécie de pudor de que o vejam enfrentar a velhice que se aproxima. Pelo menos entre nós, latinos da América e, sobretudo, do Brasil. E talvez seja melhor assim; pois se esse sentimento nos subtrai em vida, no sentido de seu aproveitamento no tempo, evita-nos incorrer em desfrutes de que não está isenta, por exemplo, a ancianidade entre alguns povos europeus e de alhures.

Não estou querendo dizer com isso que todos os nossos velhinhos sejam nenhuma flor que se cheire. Temo-los tão pilantras como não importa onde, e com a agravante de praticarem seus malfeitos com menos ingenuidade. Mas, como coletividade, não há dúvida que os velhinhos brasileiros têm mais compostura que a maioria da velhorra internacional (tirante, é claro, a China), embora entreguem mais depressa a rapadura.

Talvez nem seja compostura; talvez seja esse pudor de que falávamos acima, de se mostrarem em sua decadência, misturado ao muito frequente sentimento de não terem aproveitado os verdes anos como deveriam. Seja como for, aqui no Brasil os velhos se retraem daqueles seus semelhantes que, como se poderia dizer, têm a faca e o queijo nas mãos. Em reuniões e lugares públicos não têm sido poucas as vezes em que já surpreendi olhares de velhos para moços que se poderiam traduzir mais ou menos assim: "Desgraçado! Aproveita enquanto é tempo porque não demora muito vais ficar assim como eu, um velho, e nenhuma dessas boas olhará mais sequer para o teu lado...".

Isso, aqui no Brasil, é fácil sentir nas boates, com exceção de São Paulo, onde alguns cocorocas ainda arriscam seu pezinho na pista, de cara cheia e sem ligar ao enfarte. No Rio é bem menos comum, e no geral, em mesa de velho não senta broto, pois, conforme reza a máxima popular, quem gosta de velho é reumatismo. O que me parece, de certo modo, cruel. Mas, o que se vai fazer? Assim é a mocidade — ínscia, cruel e gulosa em seus apetites. Como aliás, muito bem diz também a sabedoria do povo: homem velho e mulher nova, ou chifre ou cova.

Na Europa, felizmente para a classe, a cantiga soa diferente. Aliás, nos Estados Unidos dá-se, de certo modo, o mesmo. É verdade que no caso dos Estados Unidos a felicidade dos velhos é conseguida um pouco à base da vigarista; mas na Europa não. Na Europa veem-se meninas lindas nas boates dançando *cheek to cheek* com verdadeiros macróbios, e de olhinho fechado e tudo. Enquanto que nos Estados Unidos eu creio que seja mais... *cheek to cheek*. Lembro-me que em Paris, no Club St. Florentin, onde eu ia bastante, havia na pista um velhinho sempre com meninas diferentes. O "matusa" enfrentava qualquer parada, do rock ao chá-chá-chá e dançava o fino, com todos os extravagantes passinhos com que os gauleses enfeitam as danças do Caribe, sem falar no nosso samba. Um dia, um rapazinho folgado veio convidar a menina do velhinho para dançar e sabem o que ela disse? — isso mesmo que vocês estão pensando e mais toda essa coisa. E enquanto isso, o velhinho, de pé, o peito inchado, pronto para sair na física.

Eu achei a cena uma graça só, mas não sei se teria sentido o mesmo aqui no Brasil, se ela se tivesse passado no Sacha's com algum parente meu. Porque, no fundo, nós queremos os nossos velhinhos em casa, em sua cadeira de balanço, lendo Michel Zevaco ou pensando na morte próxima, como fazia meu avô. Velhinho saliente é muito bom, muito bom, mas de avô dos outros. Nosso, não.

POEMA PARA CANDINHO PORTINARI EM SUA MORTE CHEIA DE AZUIS E ROSAS

Lá vai Candinho!
Pra onde ele vai?
Vai pra Brodóvski
Buscar seu pai.

Lá vai Candinho!
Pra onde ele foi?
Foi pra Brodóvski
Juntar seu boi.

Lá vai Candinho!
Com seu topete!
Vai pra Brodóvski
Pintar o sete.

Lá vai Candinho
Tirando rima
Vai manquitando
Ladeira acima.

Eh! Eh, Candinho!
Muita saudade
Para Zé Cláudio
Mário de Andrade.

Se vir Ovalle
Se vir Zé Lins
Fale, Candinho
Que eu sou feliz.

Ouviu, Candinho?
— Diabo de homem mais surdo…

Petrópolis, 1962

PROFETA URBANO

Era a imagem de uma ruína do que antes devia ter sido um monumento de homem e portava as clássicas barbas do profeta.

— Pois é — disse, limpando a boca com um gesto que acabou por levar seu dedo em riste em direção ao Corcovado [e no ímpeto quase cai de tão bêbado que estava]. — Pois é. Fica lá ele, coitado, o dia inteiro de braços abertos abençoando a cidade... [seu olhar dardejou em torno], abençoando a cidade que nem liga mais para ele. Eu, Mansueto, filho de Anacleto, digo isso porque sei. Eu, Mansueto, sei que aquele homem lá, que por sinal não é homem não é nada, é Jesus Cristo, filho de Maria, rei dos reis, tábua da salvação, esperança do mundo, conforto dos aflitos, pai dos pecadores [a partir daí sua voz embargou-se e ele começou a choramingar], eu, Mansueto, sei que aquele homem lá está sozinho, está sozinho no alto daquela montanha também chamada Corcovado. Eu, Mansueto, sei que toda santa noite aquele homem lá derrama as suas santas lágrimas de pena por esta pobre cidade mergulhada no crime e no pecado...

Foi deste ponto em diante que eu tirei a caneta e comecei a anotar rápido o teor das lamentações do profeta urbano.

— Porque em cada coração habita a luxúria, a maldade e a sede de ouro! Porque todos só pensam no poder e no luxo! Porque cada um só quer ter o seu rabo de peixe [o profeta estava um pouco atrasado no tempo diante da atual mania dos Mercedes] e o povo nem sequer tem peixe para comer... [aí os soluços embargaram-lhe a voz e ele teve de parar para enxugar os olhos com a manga do paletó em farrapos].

E então exclamou com os punhos cerrados na direção do Cristo:

— Por que, Senhor, pergunto eu, Mansueto, filho de Anacleto, por que continuas abençoando esta cidade de vício e abandonas o pobre ao seu triste destino de comer o resto dos ricos? Por que ficas de braços abertos feito um pateta em vez de lançar os vossos exércitos contra o fariseu, feito o seu Guimarães lá do armazém que só fia se apalpar a mulher dos outros. Eu sei porque eu vi. Português descarado! Ainda hei de fazer o mesmo com a tua mulher, ouviu! que embora seja uma santa senhora há de pagar pelo pecador!

Neste momento ele olhou em torno com ar de briga e dando comigo me interpelou com veemência:

— Você aí! Que sabes da maldade humana? Repara só nele lá em cima, de braços abertos, abençoando esta cidade toda esburacada, chorando de noite de tristeza porque seus filhos o abandonaram para cair na farra com mulheres que não valem nem para jogar no lixo, em todas essas Copacabanas [seu braço girou violentamente em torno] de mulatinhas todas pintadas como se fossem umas [censura], que aliás são! São umas [censura] de [censura] que saem remexendo a [censura] e atacando os homens como se fossem tigres. E para quê? Dizei-me, para quê? Não sabe? Ah! [apontando-me] ele não sabe... Bem se vê que é um mocinho [obrigado, profeta!] rico que não sabe de nada senão cavar o ouro e ir gastar com as mulheres de todas essas Copacabanas! Mas eu te peço, Senhor: lança os vossos exércitos contra o fariseu e deixa dessa pose que não te adianta nada, porque esse negócio de ficar de braço aberto não resolve, a gente quer ver mesmo é diminuir o preço das coisas, as pessoas vão acabar mesmo é se comendo umas às outras, porque carne não tem, só a carne dessas [censura] de todas essas Copacabanas que o raio de Deus fulmine e consuma e toque fogo em toda essa [censura] que anda por aí!

Dito o quê, ele me olhou com um olhar cheio de lágrimas, que parecia vir do fundo de um caos bíblico de recordações, misérias, humilhações e ressentimentos sofridos, moveu a cabeça com um ar trêmulo de animal vencido e saiu em frente, dois passos para cá, três para lá, em meio à risota e aos comentários dos circunstantes; mas mesmo de longe sua voz me chegava como a de um Isaías imprecando:

— Mas essa sopa vai acabar! Essa sopa vai acabar!

TEU NOME

Teu nome, Maria Lúcia
Tem qualquer coisa que afaga
Como uma lua macia
Brilhando à flor de uma vaga.
Parece um mar que marulha
De manso sobre uma praia
Tem o palor que irradia
A estrela quando desmaia.
É um doce nome de filha
E um belo nome de amada
Lembra um pedaço de ilha
Surgindo de madrugada.
Tem um cheirinho de murta
E é suave como a pelúcia
É acorde que nunca finda
É coisa por demais linda
Teu nome, Maria Lúcia...

Montevidéu, 29/9/1958

ORFEU NEGRO

Graças à gentileza do convite de Maria Oliva Fraga, a bela guardiã do Château d'Eu, aqui estou eu no vasto castelo de tijolos e colunata de pedra — obra sem grande interesse arquitetônico iniciada por Henrique de Guise e restaurada pelo conde d'Eu três séculos e pouco mais tarde, depois do incêndio do começo deste século. O parque, desenhado por Le Nôtre, é realmente belo. Vim para terminar a primeira adaptação para o cinema de minha peça *Orfeu da Conceição*, de que o produtor Sacha Gordine quer extrair um filme. Depositamos ambos grandes esperanças no projeto.

Para ajudar-me no trabalho estão comigo minha amiga e secretária Josée Fauquier e seu marido, Daniel. E, naturalmente, minha filhinha Georgiana: a carinha mais marota que já se viu em qualquer latitude. O diabo é que ela, com tanta graça, me está perturbando consideravelmente na tarefa. Pois não me posso impedir de, a todo instante, perder o fio do ditado para vê-la atravessar o parque correndo, ou surgir pela mão de sua babá espanhola — pequeno bichinho inconfundível contra o gótico normando da igreja de Saint Laurent, em cuja cripta dormem sobre os próprios despojos, lado a lado, em seu misterioso sono de mármore, as estátuas funerárias dos príncipes e princesas da família d'Artois.

É coisa apaixonante criar um filme. Nesta adaptação construo o filme como eu o faria. Ao contrário de minha peça, em que a "descida aos infernos" de Orfeu situa-se numa gafieira, no segundo ato, estou transpondo o Carnaval carioca para o final do filme, como o ambiente dentro do qual a Morte perseguirá Eurídice. Josée me ajuda com o maior entusiasmo, mas é necessário a todo instante interromper o trabalho, pois Georgiana não dá uma folga.

Há homens que são da raça dos minotauros. Homens como Picasso, como Buñuel, como Hemingway. Sacha Alexandre Gordine é assim. Ao me pôr ao trabalho está, eu sei, numa das maiores bancarrotas da história do cinema. O grande e humaníssimo filme que deveria fazer, *L'Affaire Seznec*, teve a sua filmagem proibida quando todos os contratos já haviam sido firmados. Mas eu confio em Gordine. Há, para quem sabe ler no rosto humano, uma profunda bondade nesse homem. Bondade e uma força interior que se pode quase palpar.

Hoje o guia turístico do castelo veio queixar-se de que, ao mostrar aos visitantes uma das belas carruagens em exibição no andar térreo, qual não é sua surpresa, e a dos turistas, quando a porta da caleça se abre e surge, de entre sedas e alfaias, a carinha matreira de Georgiana. Ele me contou o caso com a compunção de um guia de castelo que presenciou um sacrilégio, e eu o ouvi com o ar severo que deve ter no caso o pai da sacrílega. Mas ao voltar-lhe as costas desatei a rir; e vi que ele também sacudia os ombros de tanto riso, enquanto descia as escadas.

Estou em pleno Carnaval no filme. Procuro dar o máximo de colorido ao roteiro para que, no caso de uma segunda adaptação, o novo roteirista sinta a animação popular em toda a sua vibração. Na rápida viagem que fizemos ontem a Rouen, surgiu-me a ideia de fazer as mulheres — as Fúrias do mito — matarem Orfeu num parque ou jardim noturno, onde o músico fosse ter levando nos braços sua amada morta. A estudar.

Acabei de ver uma coisa deliciosa. Enquanto vinha vindo pelo corredor, vi Georgiana que subira no espaldar de uma poltrona e mirava com a maior atenção, bem de perto, um retrato de dom Pedro II. Depois ela afastou um pouco a cabecinha e começou a alisar as venerandas barbas do imperador. Não contente, chegou a carinha ao retrato e deu-lhe um prolongado beijo.

Juro que vi sorrir o bom monarca.

Eu, agosto de 1955

O MARGARIDA'S

A d. Margarida,
pelos seus bons pratos, pelos seus bons tratos

A cavaleiro de um bonito vale
Em Petrópolis, ao fim de umas subidas
Há um hotel que dá margem a que se fale:
   O Margarida's.

A dona (Margarida) é criatura
Das melhores, no trato e nas comidas
E não bastasse, é boa a arquitetura
   Do Margarida's.

Para quem gosta, existe uma piscina
E mesmo um bar com todas as bebidas
Mas bom de fato é a água cristalina
   Do Margarida's.

A vista é linda: ao longe a catedral
E o largo Dom Afonso e as avenidas…
E à noite o fabuloso céu austral
   Do Margarida's.

Há quaresmas e acácias pela serra
E muitas outras coisas coloridas
E o ar é frio e puro, e verde a terra
   No Margarida's.

Amigo, se o que buscas é... buscar-te
Ou quem sabe curar velhas feridas
Eis meu conselho: não hesites, parte
  Ao Margarida's.

MORTE DE UM PÁSSARO
RÉQUIEM PARA FEDERICO GARCÍA LORCA

Ele estava pálido e suas mãos tremiam. Sim, ele estava com medo porque era tudo tão inesperado. Quis falar, e seus lábios frios mal puderam articular as palavras de pasmo que lhe causava a vista de todos aqueles homens preparados para matá-lo. Havia estrelas infantis a balbuciar preces matinais no céu deliquescente. Seu olhar elevou-se até elas, e ele, menos que nunca, compreendeu a razão de ser de tudo aquilo. Ele era um pássaro, nascera para cantar. Aquela madrugada que raiava para presenciar sua morte, não tinha sido ela sempre a sua grande amiga? Não ficara ela tantas vezes a escutar suas canções de silêncio? Por que o haviam arrancado a seu sono povoado de aves brancas e feito marchar em meio a outros homens de barba rude e olhar escuro?

Pensou em fugir, em correr doidamente para a aurora, em bater asas inexistentes até voar. Escaparia assim à fria sanha daqueles caçadores maus que o confundiam com o milhafre, ele cuja única missão era cantar a beleza das coisas naturais e o amor dos homens; ele, um pássaro inocente, em cuja voz havia ritmos de dança.

Mas permaneceu em sua atonia, sem acreditar bem que aquilo tudo estivesse acontecendo. Era, por certo, um mal-entendido. Dentro em pouco chegaria a ordem para soltá-lo, e aqueles mesmos homens que o miravam com ruim catadura chegariam até ele rindo risos francos e, de braços dados, iriam todos beber *manzanilla* numa tasca qualquer, e cantariam canções de *cante hondo* até que a noite viesse recolher seus corpos bêbados em sua negra, maternal mantilha.

As ordens, no entanto, foram rápidas. O grupo foi levado, a coronhadas e empurrões, até a vala comum aberta, e os nodosos pescoços penderam no desalento final. Lábios partiram-se em adeuses, murmurando marias e consuelos. Só sua cabeça movia-se para todos os lados, num movimento de busca e negação, como a do pássaro frágil na mão do armadilheiro impiedoso. O sangue cantava-lhe aos ouvidos, o sangue que fora a seiva mais viva de sua poesia, o sangue que tinha visto e que não quisera ver, o sangue de sua Espanha louca e lúcida, o sangue das paixões desencadeadas, o sangue de Ignacio Sánchez Mejías, o sangue das *bodas de sangre*, o sangue dos homens que morrem para que nasça um mundo sem violência. Por um segundo passou-lhe a visão de seus amigos distantes. Alberti, Neruda, Manolo Ortiz, Bergamín, Delia, María Rosa — e a minha própria visão, a do poeta brasileiro que teria sido como um irmão seu e que dele viria a receber o legado de todos esses amigos exemplares, e que com ele teria passado noites a tocar guitarra, a se trocarem canções pungentes.

Sim, teve medo. E quem, em seu lugar, não o teria? Ele não nascera para morrer assim, para morrer antes de sua própria morte. Nascera para a vida e suas dádivas mais ardentes, num mundo de poesia e música, configurado na face da mulher, na face do amigo e na face do povo. Se tivesse tido tempo de correr pela campina, seu corpo de poeta-pássaro ter-se-ia certamente libertado das contingências físicas e alçado voo para os espaços além; pois tal era sua ânsia de viver para poder cantar, cada vez mais longe e cada vez melhor, o amor, o grande amor que era nele sentimento de permanência e sensação de eternidade.

Mas foram apenas outros pássaros, seus irmãos, que voaram assustados dentro da luz da antemanhã, quando os tiros do pelotão de morte soaram no silêncio da madrugada.

POEMA PARA GILBERTO AMADO

O homem que pensa
Tem a fronte imensa
Tem a fronte pensa
Cheia de tormentos.
O homem que pensa
Traz nos pensamentos
Os ventos preclaros
Que vêm das origens.
O homem que pensa
Pensamentos claros
Tem a fronte virgem
De ressentimentos.
Sua fronte pensa
Sua mão escreve
Sua mão prescreve
Os tempos futuros.
Ao homem que pensa
Pensamentos puros
O dia lhe é duro
A noite lhe é leve:
Que o homem que pensa
Só pensa o que deve
Só deve o que pensa.

Paris, 1957

O TEMPO SOB O SOL

O sol de domingo pôs na praia toda a população da Zona Sul. Bateu de chapa na cidade falsa, em seus falsos arranha-céus, em sua falsa comunidade, e aí pelo meio-dia as areias de Copacabana, Ipanema e Leblon crepitavam de mocidades atléticas, madurezas adiposas e velhices murchas, num desperdício de carne humana. Jogos de bola, jogos de mão, jogos de olhares — a gente moça expunha-se com vigor ao cautério solar, enquanto os mais comprometidos com a morte resguardavam-se à sombra das barracas, dando um mergulho ou outro de curta duração e voltando *ad locum suum* inchando o peito e encolhendo a barriga.

Um espetáculo belo-horrível, para usar desse desagradável lugar-comum. Vi uns poucos amigos meus, gente a beirar os quarenta, todos eles com os tórax começando a se aplastar em distensões abdominais mais ou menos consideráveis: essas irremediáveis deformações que o tempo impõe ao corpo humano que prefere viver a se conservar; as mesmas que noto em mim mesmo diariamente e cuja eliminação exige uma força de vontade que não tenho e nem quero ter. Negócio pau, com que a gente sofre a princípio, depois acostuma-se porque não há nada a fazer. Vem tão rápido que mal se percebe. Um dia se é um rapazinho esguio, de perna forte e peito dividido, a dar "paradas" nos bancos da praia para as meninas verem; depois, súbito — um aborrecimento, um período duro, uma paixão, uma viagem — e se é um homem com cabelos começando a embranquecer, os músculos docemente cobertos por uma leve camada de gordura, o fígado inchado, milhões de responsabilidades e uma missão a cumprir na vida.

Tudo isso vem de repente, quando menos se espera. E chega para todo mundo, menos para os reservados, os que preferem se guardar para os vermes da terra. Essa dor do tempo, de que nenhum poeta falou direito ainda.

Mas é isso mesmo. Hoje somos nós, amanhã são eles, depois de amanhã são os filhos deles, nossos possíveis netos. Esta joça toda caminha para a constelação de Órion desde há alguns milhares de séculos. Em vista do quê, preparemo-nos para os pileques de fim de ano, que vêm aí. Mais um ano, meus amigos. Estamos fritos.

O ESPECTRO DA ROSA

Juntem-se vermelho
Rosa, azul e verde
E quebrem o espelho
Roxo para ver-te

Amada anadiômena
Saindo do banho
Qual rosa morena
Mais chá que laranja.

E salte o amarelo
Cinzento de ciúme
E envolta em seu chambre

Te leve castanha
Ao branco negrume
Do meu leito em chamas.

Montevidéu, 1959

O CONDE E O PASSARINHO

Rubem Braga é, sabidamente, um conhecedor de passarinhos. Suas crônicas alegram-se e se entristecem com frequência de nomes de pássaros nacionais que eu só conheço de ouvir dizer — o que me dá um certo complexo de inferioridade. Já andei, certa vez, planejando estudar ornitologia por causa disto, e lembro-me de que na viagem que fiz com ele à sua Cachoeiro de Itapemirim, quando da homenagem que lhe prestou a cidade, foi com um sentimento de gula que recebi o maravilhoso disco de pios artificiais de passarinhos, feito pela família Coelho, que disso criou uma pequena indústria local. Tais projetos nunca foram adiante, como vários outros, entre os quais um de estudar carpintaria: e este, inclusive, concertado com o próprio Rubem — e que resultou em arrancarmos, ato contínuo, a porta da garagem da minha antiga casa, sairmos meia hora depois para matar o calor com uma cerveja gelada, e nunca mais voltarmos à dita porta, que se quedou jazente por dias a fio, vítima de nossa impostura.

O Braga conhece bem sua passarada, isso ninguém lhe tira. O que não impede, porém, que tenha dado um "baixo" ornitológico que merece registro, segundo me conta minha irmã Lygia, testemunha ocular do mesmo. Pois o que se deduz da história é que o Braga pode conhecer muito bem tico-tico, curió, sanhaço, cardeal, tié-sangue, sabiá, gaturamo, cambaxirra e até mesmo vira-bosta — mas em matéria de canário trata-se de um otário completo e acabado. Dito o quê, passemos à narrativa.

Parece que o Braga vinha um dia assim muito bem pela Cinelândia, quando topou com um vendedor de passarinhos oferecendo a preço de ocasião um casal de canários dentro de uma gaiola cuja bossinha era ser dividida por uma separação levadiça em dois compartimentos, um para o macho, outro para a fêmea. A gracinha era abrir a portinhola do macho, deixá-lo fugir e depois vê-lo voltar docemente, no pio da fêmea.

O Braguinha, que além de gostar de pássaros não é tolo (imagina para quanta mulherzinha ele não ia poder fazer aquele truque!), assistiu com o maior interesse a mais essa demonstração de que, como diz o samba, o homem sem mulher não vale nada, entregou o dinheiro, meteu a gaiola debaixo do braço e tocou-se para o Leblon, sequioso de mostrar seu novo brinco ao aborígine. E deu-lhe a sorte de encontrar minha irmã Lygia, que além de ser uma esplêndida assistência para demonstrações desse teor, é pessoa mais de se apiedar que de caçoar da desdita alheia.

O Braga colocou a gaiola em posição, abriu a porta e lá se foi o canarinho pelo azul afora, em lindas evoluções. A fêmea, como previsto, abriu o bico, e o canário, ao ouvi-la, fez direitinho como mandava o figurino: voltou e pousou junto à porta aberta. Mas o divórcio entrou? Nem o canário. O bichinho ficou prudentemente à porta, mas entrar dentro mesmo da gaiola que é bom... ahn-ahn. O Braga animou a ave canora com milhões de piu-pius, fez-lhe mentalmente enérgicas perorações contra a sua calhordice — tudo isso, conta minha irmã Lygia, com olhos onde se começava a notar uma certa apreensão. O canário, nada.

Quem sabe, ponderou minha irmã, um elemento verde qualquer colocado junto à porta, uma folha de alface, por exemplo, não animaria o bichinho? Foi trazida a folha de alface e colocada junto à porta. Durante essa operação, o canário levantou voo, e a canarinha, aproveitando-se da ocupação dos dois, fez força com o biquinho e acabou por erguer a portinhola da separação; dali para o Jardim Botânico, não teve nem graça.

Diz minha irmã que o Braga ficou triste, triste. E como a esperança é a última que morre, antes de ir embora ainda ajeitou a gaiolinha para uma espera: quem sabe os pilantras não voltariam à noite...

Canário, hein Braguinha?...

NÃO COMEREI DA ALFACE
A VERDE PÉTALA*

Não comerei da alface a verde pétala
Nem da cenoura as hóstias desbotadas
Deixarei as pastagens às manadas
E a quem mais aprouver fazer dieta.

Cajus hei de chupar, mangas-espadas
Talvez pouco elegantes para um poeta
Mas peras e maçãs, deixo-as ao esteta
Que acredita no cromo das saladas.

Não nasci ruminante como os bois
Nem como os coelhos, roedor; nasci
Omnívoro; deem-me feijão com arroz

E um bife, e um queijo forte, e parati
E eu morrerei, feliz, do coração
De ter vivido sem comer em vão.

Los Angeles, 1947

* Iludia-se o poeta. Num tempo em que as coisas andaram meio pretas, ele teve que se enquadrar direitinho e andou comendo legumes na água e sal como qualquer outro.

O PRIMEIRO GRANDE
CONTO DO VIGÁRIO

Em seu *Tesouro da fraseologia brasileira*, o professor Antenor Nascentes, num período que talvez não seja dos mais brilhantes desse mestre do idioma, mas que, em todo caso, esclarece o assunto, define *conto do vigário* como: "Modalidade de furto na qual o ladrão conta à futura vítima (o otário) uma história complicada de grande quantidade de dinheiro (originariamente entregue pelo vigário de sua freguesia) aí presente dentro de um embrulho (o paco), dinheiro esse que ele deseja confiar provisoriamente, por comodidade ou necessidade, a uma pessoa honesta em troca de algum dinheiro miúdo de que precisa no momento. Burla, logro, intrujice".

A modalidade é conhecida no Brasil, onde houve o inesquecível caso do mineiro que comprou um bonde, instalou-se nele e sentiu por algum tempo a glória de ser proprietário de um grande semovente, só verificando o logro em que caíra quando se pôs a dar ordens ao motorneiro. O Rio é um grande centro de vigaristas, por isso mesmo que recebe vastos contingentes provincianos, gente simples e de boa-fé que vai na charla desse outro vasto contingente de malandros de que está cheia a cidade.

Foi meu amigo o poeta João Cabral de Melo Neto quem primeiro me chamou a atenção para isto que se pode dizer constitui o primeiro grande conto do vigário da história. É provável que tenha havido antecedentes, mas o conto do vigário em questão pode ser considerado o pai de todos, de vez que seu autor foi Rodrigo Díaz de Vivar, herói popular espanhol, a quem, pela bravura em campo de batalha, cognominaram El Campeador. Isso, no século XI.

A burla está na grande epopeia, espanhola, e quem quiser pode verificar com os próprios olhos. Dá-se que o Cid, intri-

85

gado por elementos da corte que, de inveja, o indispuseram com *don* Afonso, viu-se na contingência de sair de Burgos e acampar com seus homens num arraial cerca da cidade. Foi quando sobreveio Martín Antolínez (seu parceiro no conto do vigário) não só para confortá-lo moralmente como para oferecer-lhe seus serviços. O Cid propôs então o conto:

> *Con vuestro consejo — bastir quiero dos arcas*
> *inchamosla d'arena — ca bien serán pesadas,*
> *cubiertas de guadalmeci — e bien enclavadas.*

Em resumo: o Cid queria que seu amigo construísse duas arcas bem bonitas, forradas de couro e pregadas a belos cravos, que as enchesse de areia e...

> *Por Raquel e Vidas — vayádesme privado*
> *quando en Burgos me vedaron compra — y el rey me a ayrado,*
> *non puedo traer e laver — ca mucha es pesado,*
> *empenar gelo he — por lo que fore guisado;*
> *de noche lo lieven — que non lo vean cristianos.*
> *Veálo el Criador — con todos los santos,*
> *yo más non puedo — e amidos lo fago.*

Para quem não entende o castelhano arcaico (eu também não entendo tudo não, não pensem...) o que o Cid disse foi o seguinte: para Antolínez ir procurar dois usurários locais, Raquel e Vidas, e dizer-lhes que, como ele não podia comprar nada em Burgos, por estar sob a ira do rei, nem levar suas arcas carregadas de despojos, por serem muito pesadas — se não topariam que ele, o Cid, as empenhasse por um dinheirinho qualquer. A coisa tinha de ser feita à noite, para que nenhum cristão visse nada, porque o Criador, esse ia ver mesmo de qualquer maneira, com todos os seus santos: aliás, ele, o Cid, passava o conto do vigário porque não tinha mesmo outro jeito, era forçado.

Raquel e Vidas, por ganância, sabedores de que o Cid tinha colhido grandes despojos em suas lutas contra mouros e o rei de Granada, toparam o negócio. Vieram à tenda do Cid e levaram as duas arcas em troca de um pago de *seyscientos marcos*. Muito obsequioso, Antolínez ainda os ajudou no transporte e cobrou um par de calças de comissão.

O conto do vigário foi, assim, completo, inteiramente dentro da definição de Antenor Nascentes: com o ladrão (o Cid — e que a literatura me perdoe chamá-lo assim, ao grande herói), o otário (no caso dois) e o paco (as arcas cheias de areia). Não podia ter sido mais perfeito, nem de espírito mais carioca.

ANTIODE À TRISTEZA

Ó enfermeira sem som do olhar sem cor
Que refletida ao último infinito
Pela lúcida insânia dos espelhos
Passeias pelo imenso corredor
Desta antiga Irmandade! Ó sonolenta
Irmã-sem-Caridade, que vagueias
Com tuas leves sandálias de silêncio
Cuidando com desvelo da saudade
E dos males de amor de cada enfermo!
Ó guardiã do ermo, provedora
De langor, que pelo imenso corredor
Deste hospital sem termo, te comprazes
Em deitar éter sobre o sofrimento
Dos que querem viver, e dar morfina
Aos que morrem de amor! Ó freira louca
Irmã-sem-Fé, a desfiar, ausente
Teu rosário sem fim de contas ocas!
Ó trânsfuga da vida, esmaecida
Monja: o que queres mais de mim?
Já não te dei meus dias, minhas noites
E até minhas auroras, não te dei?
Já te mandei embora? Não fui sempre
Teu melhor paciente, e o mais antigo?
Não fui amigo teu, mesmo doente
De ti, não fui, Madre desoladora?
Pois agora te digo: vai-te embora!
Afasta-te de mim! não mais te quero
Irmã-sem-Esperança, confessora
Sem perdão, de quem mais nada espero
Senão vazio e angústia, Irmã-sem-Dor

Com teu rosário e teu burel de cinzas
A empoeirar de tédio as minhas horas.
Vai predicar além, predicadora
Da voz ausente, vai! que se me voltas
Eu grito nomes feios, ou te espanco
Ou te enforco em teu terço de mil voltas
Ou caio na risada, ou te exorcizo
Com um gigantesco crucifixo branco
Onde, transverberando luz do flanco
Resplende o corpo nu da minha amada!

Montevidéu, 8/11/1958

A CASA MATERNA

Há, desde a entrada, um sentimento de tempo na casa materna. As grades do portão têm uma velha ferrugem e o trinco se oculta num lugar que só a mão filial conhece. O jardim pequeno parece mais verde e úmido que os demais, com suas palmas, tinhorões e samambaias que a mão filial, fiel a um gesto de infância, desfolha ao longo da haste.

É sempre quieta a casa materna, mesmo aos domingos, quando as mãos filiais se pousam sobre a mesa farta do almoço, repetindo uma antiga imagem. Há um tradicional silêncio em suas salas e um dorido repouso em suas poltronas. O assoalho encerado, sobre o qual ainda escorrega o fantasma da cachorrinha preta, guarda as mesmas manchas e o mesmo taco solto de outras primaveras. As coisas vivem como em prece, nos mesmos lugares onde as situaram as mãos maternas quando eram moças e lisas. Rostos irmãos se olham dos porta-retratos, a se amarem e compreenderem mudamente. O piano fechado, com uma longa tira de flanela sobre as teclas, repete ainda passadas valsas, de quando as mãos maternas careciam sonhar.

A casa materna é o espelho de outras, em pequenas coisas que o olhar filial admirava ao tempo em que tudo era belo: o licoreiro magro, a bandeja triste, o absurdo bibelô. E tem um corredor à escuta, de cujo teto à noite pende uma luz morta, com negras aberturas para quartos cheios de sombra. Na estante junto à escada há um *Tesouro da juventude* com o dorso puído de tato e de tempo. Foi ali que o olhar filial primeiro viu a forma gráfica de algo que passaria a ser para ele a forma suprema da beleza: o verso.

Na escada há o degrau que estala e anuncia aos ouvidos maternos a presença dos passos filiais. Pois a casa materna se divide em dois mundos: o térreo, onde se processa a vida presente, e o de cima, onde vive a memória. Embaixo há sempre coisas fabulosas na geladeira e no armário da copa: roquefort amassado, ovos frescos, mangas-espadas, untuosas compotas, bolos de chocolate, biscoitos de araruta — pois não há lugar mais propício do que a casa materna para uma boa ceia noturna. E, porque é uma casa velha, há sempre uma barata que aparece e é morta com uma repugnância que vem de longe. Em cima ficam os guardados antigos, os livros que lembram a infância, o pequeno oratório em frente ao qual ninguém, a não ser a figura materna, sabe por que queima às vezes uma vela votiva. E a cama onde a figura paterna repousava de sua agitação diurna. Hoje, vazia.

A imagem paterna persiste no interior da casa materna. Seu violão dorme encostado junto à vitrola. Seu corpo como que se marca ainda na velha poltrona da sala e como que se pode ouvir ainda o brando ronco de sua sesta dominical. Ausente para sempre da casa materna, a figura paterna parece mergulhá-la docemente na eternidade, enquanto as mãos maternas se fazem mais lentas e as mãos filiais mais unidas em torno à grande mesa, onde já agora vibram também vozes infantis.

AS MULHERES OCAS

Headpiece filled with straw.
T. S. Eliot, *The hollow men*

Nós somos as inorgânicas
Frias estátuas de talco
Com hálito de champanhe
E pernas de salto alto.
Nossa pele fluorescente
É doce e refrigerada
E em nossa conversa ausente
Tudo não quer dizer nada.

Nós somos as longilíneas
Lentas madonas de boate
Iluminamos as pistas
Com nossos rostos de opala.
Vamos em câmara lenta
Sem sorrir demasiado
E olhamos como sem ver
Com nossos olhos cromados.

Nós somos as sonolentas
Monjas do tédio inconsútil
Em nosso escuro convento
A ordem manda ser fútil.
Fomos alunas bilíngues
De Sacré-Coeur e Sion
Mas adorar, só adoramos
A imagem do deus Mamon.

Nós somos as esotéricas
Filhas do Ouro com a Miséria
O gênio nos enfastia
E a estupidez nos diverte.
Amamos a vida fria
E tudo o que nos espelha
Na asséptica companhia
Dos nossos machos-de-abelha.

Nós somos as bailarinas
Pressagas do cataclismo
Dançando a dança da moda
Na corda bamba do abismo.
Mas nada nos incomoda
De vez que há sempre quem paga
O luxo de entrar na roda
Em Arpels ou Balenciaga.

Nós somos as grã-funestas
As onésimas letais*
Dormimos a nossa sesta
Em ataúdes de cristal
E só tiramos do rosto
Nossa máscara de cal
Para o drinque do sol-posto
Com o cronista social.

* Uma das categorias da nova gnomonia, de Jayme Ovalle, que classifica os seres e as coisas em: dantas, parás, mozarlescos, kernianos e onésimos, sendo estes conhecidos "pés-frios". Para maiores esclarecimentos, ver o capítulo "A nova gnomonia", em *Crônicas da província do Brasil*, de Manuel Bandeira.

O VENTO NOROESTE

Ou muito me engano (e nesse caso corrija-me o Gabinete de Meteorologia) ou foi mesmo o Vento Noroeste que se pôs desde desoras de anteontem a soprar sobre a cidade, secando o coração das gentes. O vento desceu subitamente do céu da madrugada, onde brilhava, numa lucidez de entreloucura, grande como uma lágrima da noite, a desvairada estrela da manhã. Primeiro numa rajada fria, que trazia na epiderme farfalhante um pouco do éter das altas regiões de onde chegava. E logo tornou-se morno, depois aqueceu. E partiu à solta, crestando a face lisa da aurora, fazendo crepitar as folhas das árvores, evaporando o mar que inaugurou de verde o dia nascente. A mim secou-me os olhos, a boca e a alma perseguida de insônia, e me tornou áspero o lençol, e me trouxe lembranças secas de vida. Assisti ao dia nascer como se visse um diamante cortar vidro e ficasse inelutavelmente a respirar a poeira implacável do carvão remanescente.

Depois dormi e sonhei. Mas meus sonhos tinham também uma secura de cal. Vi se estorcer em chamas o antigo cadáver de uma moça que morreu tísica e se chamava Alice. Vi homens se arrastando atrás de mulheres sobre um chão de giletes. Vi troncos musculares de fícus arfando em dispneias vegetais. Vi se queimarem atmosferas enormes em clarões de cloretila. Depois acordei com a boca seca e uma sede de chupar limão verde.

De saída para o centro, pude sentir o mal que o Noroeste, esse Leviatã dos ventos, estava fazendo à cidade. Na esquina de minha casa tinha desaparecido uma criança, que a mãe buscava em gestos de Guernica. No ônibus (pegara um marcado "expresso") várias pessoas tinham se esquecido que esses carros são diretos e quiseram saltar em

Copacabana, mas o chofer não deixou porque é proibido. A palavra *proibido* ganhou uma tal secura, ao Vento Noroeste, que por um instante eu tive a visão do homem carioca afogado em cinzas. Não podia saltar onde queria, mesmo pagando. A companhia de ônibus não deixava. Precisaria pegar outro ônibus, ou então um lotação, para voltar. Nesse meio-tempo já tinham saído várias discussões, e na avenida Atlântica houvera um desastre com dois ônibus vermelhos da linha Ipanema: um deles chegara até a beira do passeio, quase a cair na areia, e tinha uma cara sedenta, como se tivesse querido se afogar. Na Glória, a carcaça de outro ônibus que ardera amontoava-se no asfalto. Aquilo lembrou-me, em grande, um esqueleto incinerado que vi no cinema, saindo de um forno, num dos campos de concentração nazistas. De vinda para a redação, vi dois homens brigando corpo a corpo. Agrediam-se como cães danados e depois um pegou uma pedra para arrebentar a cabeça do outro, e só por um acaso não acertou.

E agora, escrevendo esta crônica que é a seca expressão da verdade, eu vejo que o Noroeste está querendo secar até a tempestade que se anuncia na tarde erma. Não, que o Vento Noroeste não seque a tormenta que há de desafogar a cidade. Vinde, trovões mensageiros; rasgai o céu, relâmpagos! Que as águas de um novo dilúvio desabem sobre a cidade angustiada e encharquem a terra de lama e as árvores de seiva. Que desçam os raios e sangrem o flanco flácido dos morros e que se rejuvenesça o coração dos homens. Que o ar se rompa em rajadas frescas e se repousem os cabelos das mulheres, frementes de eletricidade.

Que deixem de ranger os papéis da burocracia, sacados pelo Vento Noroeste. Que pare, que pare imediatamente o sopro desta bisnaga de ar quente a soprar sobre a dentina dolorida da cidade. Que venha o Azul, o Azul, o Azul, o Azul!

FEIJOADA À MINHA MODA

Amiga Helena Sangirardi
Conforme um dia eu prometi
Onde, confesso que esqueci
E embora — perdoe — tão tarde

(Melhor do que nunca!) este poeta
Segundo manda a boa ética
Envia-lhe a receita (poética)
De sua feijoada completa.

Em atenção ao adiantado
Da hora em que abrimos o olho
O feijão deve, já catado
Nos esperar, feliz, de molho.

E a cozinheira, por respeito
À nossa mestria na arte
Já deve ter tacado peito
E preparado e posto à parte

Os elementos componentes
De um saboroso refogado
Tais: cebolas, tomates, dentes
De alho — e o que mais for azado

Tudo picado desde cedo
De feição a sempre evitar
Qualquer contato mais... vulgar
Às nossas nobres mãos de aedo

Enquanto nós, a dar uns toques
No que não nos seja a contento
Vigiaremos o cozimento
Tomando o nosso uísque *on the rocks.*

Uma vez cozido o feijão
(Umas quatro horas, fogo médio)
Nós, bocejando o nosso tédio
Nos chegaremos ao fogão

E em elegante curvatura:
Um pé adiante e o braço às costas
Provaremos a rica negrura
Por onde devem boiar postas

De carne-seca suculenta
Gordos paios, nédio toucinho
(Nunca orelhas de bacorinho
Que a tornam em excesso opulenta!)

E — atenção! — segredo modesto
Mas meu, no tocante à feijoada:
Uma língua fresca pelada
Posta a cozer com todo o resto.

Feito o quê, retire-se caroço
Bastante, que bem amassado
Junta-se ao belo refogado
De modo a ter-se um molho grosso

Que vai de volta ao caldeirão
No qual o poeta, em bom agouro
Deve esparzir folhas de louro
Com um gesto clássico e pagão.

Inútil dizer que, entrementes
Em chama à parte desta liça
Devem fritar, todas contentes
Lindas rodelas de linguiça

Enquanto ao lado, em fogo brando
Desmilinguindo-se de gozo
Deve também se estar fritando
O torresminho delicioso

Em cuja gordura, de resto
(Melhor gordura nunca houve!)
Deve depois frigir a couve
Picada, em fogo alegre e presto.

Uma farofa? — tem seus dias…
Porém que seja na manteiga!
A laranja gelada, em fatias
(Seleta ou da Bahia) — e chega.

Só na última cozedura
Para levar à mesa, deixa-se
Cair um pouco da gordura
Da linguiça na iguaria — e mexa-se.

Que prazer mais um corpo pede
Após comido um tal feijão?
— Evidentemente uma rede
E um gato para passar a mão...

Dever cumprido. Nunca é vã
A palavra de um poeta... — jamais!
Abraça-a, em Brillat-Savarin
O seu Vinicius de Moraes.

Petrópolis, 1962

SOBRE POESIA

Não têm sido poucas as tentativas de definir o que é poesia. Desde Platão e Aristóteles até os semânticos e concretistas modernos, insistem filósofos, críticos e mesmo os próprios poetas em dar uma definição da arte de se exprimir em versos, velha como a humanidade. Eu mesmo, em artigos e críticas que já vão longe, não me pude furtar à vaidade de fazer os meus *mots de finesse* em causa própria — coisa que hoje me parece se não irresponsável, pelo menos bastante literária.

Um operário parte de um monte de tijolos sem significação especial senão serem tijolos para — sob a orientação de um construtor que por sua vez segue os cálculos de um engenheiro obediente ao projeto de um arquiteto — levantar uma casa. Um monte de tijolos é um monte de tijolos. Não existe nele beleza específica. Mas uma casa pode ser bela, se o projeto de um bom arquiteto tiver a estruturá-lo os cálculos de um bom engenheiro e a vigilância de um bom construtor no sentido do bom acabamento, por um bom operário, do trabalho em execução.

Troquem-se tijolos por palavras, ponha-se o poeta, subjetivamente, na quádrupla função de arquiteto, engenheiro, construtor e operário, e aí tendes o que é poesia. A comparação pode parecer orgulhosa, do ponto de vista do poeta, mas, muito pelo contrário, ela me parece colocar a poesia em sua real posição diante das outras artes: a de verdadeira humildade. O material do poeta é a vida, e só a vida, com tudo o que ela tem de sórdido e sublime. Seu instrumento é a palavra. Sua função é a de ser expressão verbal rítmica ao mundo informe de sensações, sentimentos e pressentimentos dos outros com relação a tudo o que existe ou é passível de existência no mundo mágico da imaginação. Seu único dever é fazê-lo da maneira mais bela, simples e comunicativa possível, do contrário ele não será nunca um bom poeta, mas um mero lucubrador de versos.

O material do poeta é a vida, dissemos. Por isso me parece que a poesia é a mais humilde das artes. E, como tal, a mais heroica, pois essa circunstância determina que o poeta constitua a lenha preferida para a lareira do alheio, embora o que se mostre de saída às visitas seja o quadro em cima dela, ou a escultura no saguão, ou o último *long-playing* em alta-fidelidade, ou a própria casa, se ela for obra de um arquiteto de nome. E eu vos direi o porquê dessa atitude, de vez que não há nisso nenhum mistério, nem qualquer demérito para a poesia. É que a vida é para todos um fato cotidiano. Ela o é pela dinâmica mesma de suas contradições, pelo equilíbrio mesmo de seus polos contrários. O homem não poderia viver sob o sentimento permanente dessas contradições e desses contrários, que procura constantemente esquecer para poder mover a máquina do mundo, da qual é o único criador e obreiro, e para não perder a sua razão de ser dentro de uma natureza em que constitui ao mesmo tempo a nota mais bela e mais desarmônica. Ou melhor: para não perder a razão *tout court*.

Mas para o poeta a vida é eterna. Ele vive no vórtice dessas contradições, no eixo desses contrários. Não viva ele assim, e transformar-se-á certamente, dentro de um mundo em carne viva, num jardinista, num floricultor de espécimes que, por mais belos sejam, pertencem antes a estufas que ao homem que vive nas ruas e nas casas. Isto é: pelo menos para mim. E não é outra a razão pela qual a poesia tem dado à história, dentro do quadro das artes, o maior, de longe o maior número de santos e de mártires. Pois, individualmente, o poeta é, ai dele, um ser em constante busca de absoluto e, socialmente, um permanente revoltado. Daí não haver por que estranhar o fato de ser a poesia, para efeitos domésticos, a filha pobre na família das artes, e um elemento de perturbação da ordem dentro da sociedade tal como está constituída.

Diz-se que o poeta é um criador, ou melhor, um estruturador de línguas e, sendo assim, de civilizações. Homero, Virgílio, Dante, Chaucer, Shakespeare, Camões, os poetas anônimos do *Cantar de Mío Cid* vivem à base dessas afirmações. Pode ser. Mas para o burguês comum a poesia não é coisa que se possa trocar usualmente por dinheiro, pendurar na parede como um quadro, colocar num jardim como uma escultura, pôr num toca-discos como uma sinfonia, transportar para a tela como um conto, uma novela ou um romance, nem encenar, como um roteiro cinematográfico, um balé ou uma peça de teatro. Modigliani — que se fosse vivo seria multimilionário como Picasso — podia, na época em que morria de fome, trocar uma tela por um prato de comida: muitos artistas plásticos o fizeram antes e depois dele. Mas eu acho difícil que um poeta possa jamais conseguir o seu filé em troca de um soneto ou uma balada. Por isso me parece que a maior beleza dessa arte modesta e heroica seja a sua aparente inutilidade. Isso dá ao verdadeiro poeta forças para jamais se comprometer com os donos da vida. Seu único patrão é a própria vida: a vida dos homens em sua longa luta contra a natureza e contra si mesmos para se realizarem em amor e tranquilidade.

O POETA E A ROSA
E COM DIREITO A PASSARINHO

Ao ver uma rosa branca
O poeta disse: Que linda!
Cantarei sua beleza
Como ninguém nunca ainda!

Qual não é sua surpresa
Ao ver, à sua oração
A rosa branca ir ficando
Rubra de indignação.

É que a rosa, além de branca
(Diga-se isso a bem da rosa...)
Era da espécie mais franca
E da seiva mais raivosa.

— Que foi? — balbucia o poeta.
E a rosa: — Calhorda que és!
Para de olhar para cima!
Mira o que tens a teus pés!

E o poeta vê uma criança
Suja, esquálida, andrajosa
Comendo um torrão da terra
Que dera existência à rosa.

— São milhões! — a rosa berra
Milhões a morrer de fome
E tu, na tua vaidade
Querendo usar do meu nome!...

E num acesso de ira
Arranca as pétalas, lança-as
Fora, como a dar comida
A todas essas crianças.

O poeta baixa a cabeça.
— É aqui que a rosa respira...
Geme o vento. Morre a rosa.
E um passarinho que ouvira

Quietinho toda a disputa
Tira do galho uma reta
E ainda faz um cocozinho
Na cabeça do poeta.

Rio, 1959

RELENDO RILKE

(E COM DIREITO A JORGE AMADO)

Ao som das canções de Sarah Vaughan, dei ultimamente — embora já dele tão distanciado por tantas e tão grandes causas — de reler o poeta Rainer Maria Rilke. Andei folheando as *Cartas a um jovem poeta*, os *Sonetos a Orfeu* e algumas *Elegias de Duíno*. E o que tenho a dizer é o seguinte: poucos seres tão poéticos nasceram nunca de uma mulher. Pouquíssimos, como esse Grande Enfermo, viveram tanto em poesia e se abandonaram mais fundamente, náufrago irremediável, à avidez de suas águas onde o esperava o indizível abandono.

Nunca vida humana fechou-se mais completamente dentro de uma mística. Chega a ser impressionante. Rilke passou, como aquele "afogado pensativo", a descer os "azuis verdes" dos céus e dos rios que a visão de Jean Arthur Rimbaud confundiu no seu poema "Le bateau ivre". O poeta viveu em transe poético constante, amargurando seu espírito contra todos os temas da Vida, do Amor e da Morte, a que piedosamente amou como uma única entidade.

Sua simplicidade como poeta nasce dessa longa tortura lírica de ver a morte como um amadurecimento da vida, numa total compensação. Rilke acreditava que a morte nasce com o homem, que este a traz em si tal uma semente que brota, faz-se árvore, floresce e frutifica ao se despojar do seu alburno humano. Seus poemas menores vencem lentamente todos esses "graus do terrível", num crescimento espontâneo para a grande inflorescência, de onde penderão os melhores frutos, desejosos de renovação na terra.

Em 1910 Rilke terminava os seus famosos *Cadernos de Malte Laurids Brigge*, onde contou, com uma beleza raras vezes alcançada em prosa, a história elegíaca da destruição de um ser votado à fatalidade irremediável da mágoa. Porque é mágoa, mais que angústia, o que colhemos dessa narrativa: a mágoa do mal-entendido humano, o solilóquio desolador do homem desajustado à vida. A qualidade do sofrimento que lhe vem dessa torturante criação, como que lhe afina ainda mais a sensibilidade, já de si tão aguçada para todos os sussurros da poesia. O poeta pena, como penou por um momento o Cristo, da coexistência íntima da dúvida e da certeza, enquanto vagueia, morbidamente enfraquecido pela doença, pelos lugares que mais ama na Europa: Paris, a Rússia e os países escandinavos, intermitentemente.

Em fins de 1911, instado pelos príncipes de Tour e Taxis, Rilke vai passar sozinho o inverno no castelo de Duíno. Um belo dia de janeiro, passeando às bordas de um penhasco sobre o Adriático, diz ter ouvido no vento o mistério de uma voz que lhe dizia: "Quem, se eu gritasse, me ouviria em meio à hierarquia dos anjos?". Eriçado, e ao mesmo tempo atônito com o milagre dessas palavras que lhe surgiam com a própria poesia desejada, o poeta as anotou e, nesse mesmo dia, escrevia o primeiro movimento desse bloco sinfônico a que chamou *Elegias de Duíno*. Tão temperados se achavam nele os motivos da obra em perspectiva que, em poucos dias, escrevia a segunda da série e o começo de quase todas as outras.

Mas o impulso cessou. Por dez anos Rilke calou-se, à espera de que nele as palavras encontrassem seu lugar exato no grande *puzzle* poético que se desencadeara. Em Paris, na Espanha e em Munique acrescentou fragmentos a algumas das elegias, sofrendo terrivelmente da descontinuidade com que a poesia se revelava. E não seria senão depois da Primeira Grande Guerra, no seu refúgio da Suíça, em Muzot, que num sopro de criação poucas vezes igualado, só comparável talvez a certos instantes de música e de pintura em Michelangelo e Beethoven, escreveria em três semanas as oito elegias restantes, os 55 *Sonetos a Orfeu* e vários outros poemas a que chamou *Fragmentarisches*. Fora o último espasmo de vida nesse eterno, sereno moribundo. A Morte, sua amiga, desobjetivava-o poucos anos depois, como "um rio que leva". Rilke recusou o médico: queria morrer a sua morte.

Mas, depois, o mal-estar em que me deixou essa combinação de Rilke e Sarah Vaughan... Foi quando tive a boa ideia de ler tua novela *A morte e a morte de Quincas Berro Dágua*, Jorge. Que mortes tão diferentes... Que beleza, Jorge, que beleza!

OF GOD AND GOLD

As gold breeds misery
Misery breeds light
That makes the stones glare
For the pauper's delight.

Light is but the pauper's gold
Stones are but rocks
That pave the way where run
God's miserable flocks.

The world has many rocks
God has many flocks
God's a shepherd, I was told
God is made of gold.

Rio, 1959

MENINO DE ILHA

Às vezes, no calor mais forte, eu pulava de noite a janela com pés de gato e ia deitar-me junto ao mar. Acomodava-me na areia como numa cama fofa e abria as pernas aos alíseos e ao luar; e em breve as frescas mãos da maré cheia vinham coçar meus pés com seus dedos de água.

Era indizivelmente bom. Com um simples olhar podia vigiar a casa, cuja janela deixava apenas encostada; mas por mero escrúpulo. Ninguém nos viria nunca fazer mal. Éramos gente querida na ilha, e a afeição daquela comunidade pobre manifestava-se constantemente em peixe fresco, cestas de caju, sacos de manga-espada. E em breve perdia-me naquela doce confusão de ruídos... o sussurro da maré montante, uma folha seca de amendoeira arrastada pelo vento, o gorgulho de um peixe saltando, a clarineta de meu amigo Augusto, tuberculoso e insone, solando valsas ofegantes na distância. A aragem entrava-me pelos calções, inflava-me a camisa sobre o peito, fazia-me festas nas axilas, eu deixava a areia correr de entre meus dedos sem saber ainda que aquilo era uma forma de contar o tempo. Mas o tempo ainda não existia para mim; ou só existia nisso que era sempre vivo, nunca morto ou inútil.

Quando não havia luar era mais lindo e misterioso ainda. Porque, com a continuidade da mirada, o céu noturno ia desvendando pouco a pouco todas as suas estrelas, até as mais recônditas, e a negra abóbada acabava por formigar de luzes, como se todos os pirilampos do mundo estivessem luzindo na mais alta esfera. Depois acontecia que o céu se aproximava e eu chegava a distinguir o contorno das galáxias, e estrelas cadentes precipitavam-se como loucas em direção a mim com as cabeleiras soltas e acabavam por se apagar no enorme silêncio do Infinito. E era uma tal multidão de astros a tremeluzir que, juro, às vezes tinha a impressão de ouvir o burburinho infantil de suas vozes. E logo voltava o mar com o seu marulhar ilhéu, e um peixe pulava perto, e um cão latia, e uma folha seca de amendoeira era arrastada pelo vento, e se ouvia a tosse de Augusto longe, longe. Eu olhava a casa, não havia ninguém, meus pais dormiam, minhas irmãs dormiam, meu irmão pequeno dormia mais que todos. Era indizivelmente bom.

Havia ocasiões em que adormecia sem dormir, numa semiconsciência dos carinhos do vento e da água no meu rosto e nos meus pés. É que vinha-me do Infinito uma tão grande paz e um tal sentimento de poesia que eu me entregava não a um sono, que não há sono diante do Infinito, mas a um lacrimoso abandono que acabava por raptar-me de mim mesmo. E eu ia, coisa volátil, ao sabor dos ventos que me levavam para aquele mar de estrelas, sem forma e sem peso, mesmo sentindo-me moldar à areia macia com o meu corpo e ouvindo o breve cochicho das ondas que vinham desaguar nas minhas pernas.

Mas — como dizê-lo? — era sempre nesses momentos de perigosa inércia, de mística entrega, que a aurora vinha em meu auxílio. Pois a verdade é que, de súbito, eu sentia a sua mão fria pousar sobre minha testa e despertava do meu êxtase. Abria os olhos e lá estava ela sobre o mar pacificado, com seus grandes olhos brancos, suas asas sem ruído e seus seios cor-de-rosa, a mirar-me com um sorriso pálido que ia pouco a pouco desmanchando a noite em cinzas. E eu me levantava, sacudia a areia do meu corpo, dava um beijo de bom-dia na face que ela me entregava, pulava a janela de volta, atravessava a casa com pés de gato e ia dormir direito em minha cama, com um gosto de frio em minha boca.

O MOSQUITO

Parece mentira
De tão esquisito:
Mas sobre o papel
O feio mosquito
Fez sombra de lira!

Montevidéu, 1959

"O AMOR QUE MOVE O SOL E OUTRAS ESTRELAS..."

Foi no cruzamento de São José com a avenida, depois na Cinelândia, depois em Copacabana. Elas atravessavam a rua, entravam em lojas, saíam de automóveis, paravam para admirar vitrinas e aí seguiam num novo impulso, quais jovens barcos, os braços a se agitarem como remos de incerta palamenta, ganhando devagar e sempre os mares azuis da tarde carioca fresca e fagueira. Saias pretas, batinhas brancas, sapatinhos de balé, os cabelos graciosamente curtos ou atacados no alto, lá iam elas bamboleando a sua doce carga, com os veludosos olhos atentos aos mostruários. Surgiam às dezenas, de todos os lados, como obedecendo a um sinal convencionado e ao se cruzarem miravam-se de soslaio, a se medirem como embarcações rivais. Às vezes, numa esquina, paravam por um momento, ligeiramente resfolegantes, para descansar um pouco do esforço feito dentro do mar picado da multidão. Mas nada que denunciasse nelas uma grande estafa ou um sentimento de derrota. As barriguinhas pandas, os corpos equilibrados à nova distribuição de peso, a pele esticada, a nuca fresca, súbito punham elas de novo a funcionar o motorzinho de popa e saíam empinadinhas em frente, um enxame de mulherzinhas grávidas a penetrar a vida urbana de uma nova vida, uma nova graça e uma certa gravidade.

Como explicar a emoção que senti? Talvez essa que provocaria a vista de um quadrinho de regata feito por Guignard, com os ioles e esquifes distendidos na puxada e por ali tudo, em meio ao esvoaçar multicor de bandeirinhas, um mundo de serenas baleeiras a se balançarem suaves ao sabor das ondas. Sei que fiquei lírico, possuído do sentimento da fecundidade da vida, sentindo a brisa farfalhar em meus cabelos e arder em minha pele o sol claro do dia. Soube que o tempo tinha cumprido a sua missão, e todas aquelas mulherzinhas fecundadas, a berçar no movimento de seus passos a gestação dos filhos, constituíam em seu gracioso desenho convexo uma maravilhosa afirmação de vida e um caminho positivo para o amor. Soube que o amor é uma missão a cumprir por nós, homens, e que é a de constantemente querer, zelar e defender essas que, tão frágeis, fazem a nossa força e miséria e cuja existência é um contínuo sofrer, se alegrar e se extinguir por nós. Soube que homem e mulher são, em sua constante atração e repúdio, a imagem mesma da vida em movimento, e que sua longa jornada de mãos juntas, a se afastar cada vez mais do Paraíso Perdido, tende a uma alfombra cada vez menos distante, onde se aninharão melhor e onde fecundarão seres cada vez mais próximos da Terra.

DUAS CANÇÕES DE SILÊNCIO

Ouve como o silêncio
Se fez de repente
Para o nosso amor

Horizontalmente…

Crê apenas no amor
   E em mais nada
Cala; escuta o silêncio
   Que nos fala
Mais intimamente; ouve
   Sossegada
O amor que despetala
   O silêncio…

Deixa as palavras à poesia…

Oxford, 1939

OS ELEMENTOS DO ESTILO

Leio no matutino *El País*, de Montevidéu, uma boa crítica, ou melhor, resenha, do livro de William Strunk Jr., *The elements of style*, com revisão, introdução e capítulo adicional de E. B. White, editado por Macmillan em Nova York no ano em curso. Um opúsculo de 84 páginas, aparentemente cheio de saber. À guisa de apresentação do autor, conta o crítico de *El País* que a parte de substância do livro já estava escrita por William Strunk Jr. desde 1918, quando era professor de altos estudos da língua inglesa, sendo E. B. White, então, aluno seu. Há dois anos, já morto o mestre em 1946, recebeu White — que crescera em renome como contista, ensaísta, poeta e repórter dessa excelente revista americana que é a *New Yorker* — um exemplar do livrinho, de que nunca mais soubera, o que fê-lo escrever um nostálgico *in memoriam* para a sua publicação. A onda que fez o artigo foi colhida pelo receptor de Macmillan, e é este o resumo da ópera.

A dar crédito ao crítico de *El País*, o livro representa, para o escritor em língua inglesa, e mesmo nas demais, uma bengala de indisfarçável utilidade, sobretudo num momento climáxico de atividade editorial, como o que vivemos. E eis como situa ele, ao isolar num parágrafo o módulo do pensamento de Strunk: "A prosa vigorosa é concisa. Uma frase não deve conter palavras desnecessárias, nem um parágrafo frases desnecessárias, pela mesma razão que um desenho não deve ter linhas desnecessárias, nem uma máquina partes desnecessárias. Isto não quer dizer que um escritor faça breves todas as suas frases, nem que evite todo detalhe, nem que trate seus temas apenas na superfície; apenas que cada palavra conta".

Para Strunk (atenção, "focas", pois a linguagem jornalística é especialmente mencionada na obra!), os preceitos de um bom estilo podem resumir-se no seguinte:

1. *Use uma linguagem positiva*: em vez de "habitualmente não chegava à hora", diga "habitualmente chegava tarde"; em lugar de "não recordou" diga "esqueceu" — e isso porque, consciente ou inconscientemente, o leitor prefere que se diga *o que é* a *o que não é*.

2. *Seja concreto*: "Sobreveio um período de tempo desfavorável" constitui uma vagueza. "Choveu diariamente uma semana" seria a boa fórmula.

3. *Abrevie o mais que puder*: escrever "atos de natureza hostil" é alongar de dois centímetros "atos hostis".

4. *Não qualifique*: sempre que não se tratar de estabelecer uma opinião, a qualificação prévia é desnecessária. Dizer que é "interessante" o fato que se vai narrar é pichar o leitor de inimaginativo.

5. *Não use adornos*: o estilo não é um molho para temperar uma salada; o estilo deve estar na própria salada.

6. *Coloque-se atrás do que escreve*: escreva de tal forma que a atenção do leitor seja despertada sobretudo pelo sentido e pela substância do que está dito, e não pelo temperamento e pelos modismos do autor. O primeiro conselho a dar ao escritor que começa seria, pois: para chegar a um estilo, comece por não ter nenhum.

7. *Use substantivos e verbos*: evite o mais possível adjetivos e advérbios. Não há adjetivo no mundo que possa estimular um substantivo exangue ou inadequado; isto sem subestimar adjetivos e advérbios, quando corretamente empregados. Mas a verdade é que são os nomes e os verbos que dão sal e cor ao estilo.

8. *Não superescreva* (significando, aqui, *don't overwrite*): a prosa excessivamente rica, adornada ou gorda torna-se mais facilmente nauseante.

9. *Não exagere e seja claro*: primeiramente, porque o exagero pode tornar o leitor suspicaz; e a clareza, é lógico, faci-

lita a comunicação. Mais vale recomeçar uma frase longa com que se está brigando, que persistir na briga. Frequentemente uma frase longa nada mais é que duas curtas.

10. *Não opine sem razão*: ter por hábito ventilar opiniões próprias é prejulgar que o leitor as esteja pedindo, o que constitui um sinal de vaidade.

É isto em resumo. Há mais. Mas não espaço. E depois, é como diz o outro: se todos fossem da mesma opinião, o que seria da cor amarela? (Sendo que, neste caso, até que eu "entrava bem", pois trata-se da minha cor preferida...)

Mas pobre Proust, pobre Dickens, pobre Balzac, pobre Melville, pobre Otávio de Faria...

LAPA DE BANDEIRA
(QUINTA-RIMA)

A Manuel Bandeira

Existia, e ainda existe
Um certo beco na Lapa
Onde assistia, não assiste
Um poeta no fundo triste
No alto de um apartamento
Como no alto de uma escarpa.

Em dias de minha vida
Em que me levava o vento
Como uma nave ferida
No cimo da escarpa erguida
Eu via uma luz discreta
Acender serenamente.

Era a ilha da amizade
Era o espírito do poeta
A buscar pela cidade
Minha louca mocidade.
Como uma nave ferida
Perambulando patética.

E eu ia e ascensionava
A grande espiral erguida
Onde o poeta me aguardava
E onde tudo me guardava
Contra a angústia do vazio
Que embaixo me consumia.

Um simples apartamento
Num pobre beco sombrio
Na Lapa, junto ao convento…
Porém, no meu pensamento
Era o farol da poesia
Brilhando serenamente.

Rio, 1952

CONTEMPLAÇÕES DO POETA
AO CAIR DA NOITE

Ainda há pouco, a reler a página admirável de frei Luís de Sousa, cujo título, possivelmente dado pelos antologistas Álvaro Lins e Aurélio Buarque de Holanda, é (se em vez de poeta ler-se arcebispo) o mesmo desta crônica, tive a alegria de verificar quão parecidas eram as minhas noites de solidão em Montevidéu, com as de frei Bertolameu dos Mártires mais de três séculos antes. Como o santo arcebispo, também eu passava o dia todo dando expediente, quiçá de menos hierarquia, pois enquanto ele devia andar às voltas com despachos celestiais, tinha eu a meu cargo despachos marítimos e terrestres, além da firmação de passaportes e faturas e da contagem diária dos emolumentos consulares.

E como fazia ele, com relação às coisas divinas, eu, ao fechar-se a noite sobre o cerro que provocou no descobridor a exclamação nominativa da cidade, depois de um curto trajeto de automóvel até o bairro de Pocitos, onde tenho meu apartamento num sétimo andar, "pagava-me o peso do dia, e do trabalho com um passatempo mal conhecido no mundo, e ao menos buscado de poucos (e ainda mal, que se muitos o buscaram fora melhor ao mundo)". Entregava-me a uma profunda contemplação da bem-amada ausente. Esta era a maneira de vencer a distância irremediável que se estendia diante dos meus olhos voltados para o norte e que às vezes buscavam, na linha descendente de Alfa e Beta de Centauro, o ponto exato onde ela, de sua janela sobre o parque, devia também pensar em mim.

E não se maravilhe ninguém de que eu, tal o arcebispo, passasse com tanta facilidade dos negócios à contemplação. Não tinha, é claro, "dês da primeira idade feito hábito neste santo exercício". Mas o que me faltava em penitências, sobrava-me em ternura e querer-bem. E se nele "este antigo costume lhe trazia a viola do espírito tão temperada sempre, que em qualquer conjunção que largava o negócio, logo a achava prestes para sem detença entoar as músicas da Celestial Jerusalém, e ficar absorto nos prazeres do divino ócio", eu por mim tinha sempre bem afinado o meu violão Del Vecchio, e me comprazia em machucar-me as saudades com os doridos acordes de tantas canções feitas para a bem-amada. E assim não me era por nada difícil passar de faturas a doçuras, e desligar-me da rotina do trabalho para a comunhão com a amiga distante, num lento evolar-se do meu ser empós sua adorável imagem, que às vezes parecia corporificar-se na lua que estava no céu. E não era incomum ficarmos, eu e a lua de Montevidéu, em doce conúbio, ela dilatando os espaços com os raios de seu amor, eu esvaindo-me de amor em seu luar. Pois era aquele o luar do meu bem no seu pungente exílio, a segredar-me que, mesmo ausente, ali estava para iluminar as minhas horas; e eu tivesse paciência e a esperasse dentro e fora de mim, que ela se vestira toda de luz para o nosso futuro encontro; e não me desesperasse, pois estava próximo o dia em que nunca mais nos haveríamos de separar.

De outros turnos — como no caso de frei Bertolameu, que dessem-lhe azo os negócios, "subia sobretarde a um eirado que mandou fazer em uma casa das mais altas do Paço; e como o passarinho, que depois de andar todo o dia ocupado na fábrica de seu ninho, quando vai caindo o sol, e as sombras crescendo, estende as asas pelo ar, dando umas voltas alegres e desenfadadas, que parece não bole pena, ou posto sobre um raminho canta descansadamente" —, também eu deixava-me estar no terraço de meu apartamento, um dos mais altos de Pocitos; e feito ele que, à imagem da avezinha, "depois de alargar os olhos pelas serras e outeiros, que do alto se descobriam, estendia os de sua alma às maiores alturas do Céu, voava com a consideração por aquelas eternas moradas, desabafava, e em voz baixa entoava de quando em quando alegres Hinos" — eu por minha vez, ante a ideia de compartilhar com a bem-amada a visão dos amplos espaços crepusculares do estuário do rio da Prata, e de rodeá-la com meus braços dentro das iluminações do poente oriental, punha-me, tal um menino que, ai de mim, já não sou mais, a tamborilar com os dedos e a cantar com ela alegres sambas do meu Rio, que não é da Prata nem do Ouro, mas que é cidade de muito instante, e onde hoje mora, em casa única, o meu antes triste e multifário coração.

DOIS POEMINHAS COM SPUTNIK

I*

Vai Jorge Lafayette
Vai em frente, menininho
Pula muro, pinta o sete
Manda a bola no vizinho
Briga com a turma da rua
Sai correndo, joga pique
Depois pega o Sputnik
E vai namorar na Lua.

* Poeminha no álbum de Jorge Lafayette Carvalho e Silva.

II*

Uma cachorrinha
Girando no espaço
Sozinha, sozinha
Girando no espaço
Uma cachorrinha
Sem sede e sem fome
Girando no espaço
Por causa do homem:
Tanta mulherzinha
Girando no espaço
Por causa de homem…
Salve, mulherzinha!
Eia, cachorrinha!

Roma, 1955

* Poeminha para Yvete Magdaleno e para Laika, a cadelinha espacial.

SMITH-CORONA VERSUS VAT-69

Hoje eu colocarei pequenas lâmpadas em todos os lírios, e acenderei os campos da Terra para que a Lua, quando nasça, pense que está bêbada, e que o Infinito virou ao contrário, e vomite sobre o Mundo uma galáxia multicor.

Depois me mandarei a Marte (mandar-me-ei a Marte?) num foguete interplanetário onde haja um único LP (e a quem decifrá-lo, em cartas à redação, eu, esfingético, o devorarei).

E partirei para a ignorância, com Jayme Ovalle, Arletty e Katchaturian, pregando rabos de papel em futuros camelôs da República e desenhando a carvão sobre os muros brancos a fórmula da desagregação da rosa.

Mas que não me exorcizem os clérigos, nem me prendam os "tiras", pois eu os perfurarei de semifusas com a minha guitarra automática, e se forem muitos, os debandarei com violentas granadas *mías*.

Porque ou muito me engano ou tomarei um pileque de Arpège e beijarei novamente o rosto do poeta Carlos, e mergulharei no lago do Passeio Público para procurar meus óculos, enquanto o arquiteto Carlos arranca os cabelos, e depois reinventarei a TV com o desenhista Carlos, e terminarei dando um balão no compadre Carlos, de cujo mármore será feita a minha lápide.*

E que não me venham dizer que é tarde, que não há divisas e Feu Mathias Pascal quer dizer que ele morreu. Tampouco vociferem contra o cravo, contra Tchaikovski e contra as panelas a jacto. Cabe de tudo neste mundo, filhos meus. Não é à toa que os homens do Nepal não querem nada com as mulheres de Cochabamba. Mais vale um ma-

---

* Infelizmente, a Morte não quis assim e deu prioridade a Carlos Echenique.

mão na mão que uma mão no pé. É ou não é? Purque si num fô eu vô contá pa Exu ti castigá fazê mandinga cantá maringá acarajé camocim sobral.

E depois há o problema da transcendência do mito, da ubiquidade do pito e do *Verbundenchaft*. Mas eu partirei, altivo e desdenhoso, e deixar-me-ei, esquivo, lá onde Zaratustra vivia rododendro as unhas de inveja de Prometeu.

E cantarei a *caraboo* comendo carambolas no quintal de meu ex-avô. E porei borboletas em moringas, sapatos em geladeiras e faturas em cavernas. Abúlico, seguirei a rota de Livingstone para ir desaguar no Elephant Blanc. Beberei champanha em fêmures e erguerei um brinde à ordem nova. Nova, uma ova! Ordem era a ordem-unida com a moçada marchando firme ali pelo Ibirapuera um-dois-feijão--com-arroz o sargento Carlão gritando alto! pra comê umas melancias a gente se rindo cutuba!

É Flórida. Em verdade vos digo que é Flórida, é mais que Flórida é Florença, e mais que Florença é Florianópolis. E antes que venha Floriano, reelejamos Deodoro. Ou dê, ou doro! E necalina de virivizera, senão eu chamo o Morengueira pra lhe passar uma rasteira, e eu sei que ele não se restringe de lhe riscar uma solinge desde o maneco até a esfinge. Tá bom? Porque a verdade é que é tudo mu-munha, MU-MUNHA! E não me venha com essa história de Crato que eu sou é de Fortaleza, j'oviu? e conheço Gilberto, Antiógenes e João Condé, j'oviu? E sou dono de boate em Maceió e de serviço de marinete em Feira de Santana e tenho mucho dinheiro para comprar até bomba de gasolina feito o Frederico C. esse homem bom cabra da peste com nome de navio, que quase que trouche Marlene mas trouche Sara Vagão, o danado do homem trouche, homem danado!

Sabem quem foi Saleuco? Scotus? Schützenberger? Conhece *Seleções*? Qual é o seu IQ? Acaso dir-me-ia o que é, dir-me-ia, acaso, o que é diácope?

126

É inútil, ó Revisor. Não é mesmo para entender. *Remember* Stanislaw. Não toqueis! *Noli me tangere!* Não é tangerina não que eu queria dizer, ouviu, Revisor?

Montevideanamente vosso...

NATAL

A grande ocorrência
Que nos conta o sino
É que, na indigência
Nasceu um menino.

Mil e novecentos
E cinquenta e três
Anos são peremptos
Dessa meninez.

Muito tempo faz…
Mas ninguém olvida
Que é um dia de paz…
Porque fez-se a vida!

Natal de 1953

PARA VIVER UM GRANDE AMOR

Para viver um grande amor, preciso é muita concentração e muito siso, muita seriedade e pouco riso — para viver um grande amor.

Para viver um grande amor, mister é ser um homem de uma só mulher; pois ser de muitas, poxa! é de colher... — não tem nenhum valor.

Para viver um grande amor, primeiro é preciso sagrar-se cavalheiro e ser de sua dama por inteiro — seja lá como for. Há que fazer do corpo uma morada onde clausure-se a mulher amada e postar-se de fora com uma espada — para viver um grande amor.

Para viver um grande amor, vos digo, é preciso atenção com o "velho amigo", que porque é só vos quer sempre consigo para iludir o grande amor. É preciso muitíssimo cuidado com quem quer que não esteja apaixonado, pois quem não está, está sempre preparado pra chatear o grande amor.

Para viver um grande amor, na realidade, há que compenetrar-se da verdade de que não existe amor sem fieldade — para viver um grande amor. Pois quem trai seu amor por vanidade é um desconhecedor da liberdade, dessa imensa, indizível liberdade que traz um só amor.

Para viver um grande amor, *il faut*, além de fiel, ser bem conhecedor de arte culinária e de judô — para viver um grande amor.

Para viver um grande amor perfeito, não basta ser apenas bom sujeito; é preciso também ter muito peito — peito de remador. É preciso olhar sempre a bem-amada como a sua primeira namorada e sua viúva também, amortalhada no seu finado amor.

É muito necessário ter em vista um crédito de rosas no florista — muito mais, muito mais que na modista! — para aprazer ao grande amor. Pois do que o grande amor quer saber mesmo, é de amor, é de amor, de amor a esmo; depois, um tutuzinho com torresmo conta ponto a favor...

Conta ponto saber fazer coisinhas: ovos mexidos, camarões, sopinhas, molhos, estrogonofes — comidinhas para depois do amor. E o que há de melhor que ir pra cozinha e preparar com amor uma galinha com uma rica e gostosa farofinha, para o seu grande amor?

Para viver um grande amor é muito, muito importante viver sempre junto e até ser, se possível, um só defunto — pra não morrer de dor. É preciso um cuidado permanente não só com o corpo mas também com a mente, pois qualquer "baixo" seu, a amada sente — e esfria um pouco o amor. Há que ser bem cortês sem cortesia; doce e conciliador sem covardia; saber ganhar dinheiro com poesia — para viver um grande amor.

É preciso saber tomar uísque (com o mau bebedor nunca se arrisque!) e ser impermeável ao diz que diz que — que não quer nada com o amor.

Mas tudo isso não adianta nada, se nesta *selva oscura* e desvairada não se souber achar a bem-amada — para viver um grande amor.

BLUES PARA EMMETT LOUIS TILL
(O NEGRINHO AMERICANO QUE OUSOU ASSOVIAR
PARA UMA MULHER BRANCA)

Os assassinos de Emmett
— Poor Mamma Till!
Chegaram sem avisar
— Poor Mamma Till!
Mascando cacos de vidro
— Poor Mamma Till!
Com suas caras de cal.

Os assassinos de Emmett
— Poor Mamma Till!
Entraram sem dizer nada
— Poor Mamma Till!
Com seu hálito de couro
— Poor Mamma Till!
E seus olhos de punhal.

— I hate to see that evenin'sun go down...

Os assassinos de Emmett
— Poor Mamma Till!
Quando o viram ajoelhado
— Poor Mamma Till!
Descarregaram-lhe em cima
— Poor Mamma Till!
O fogo de suas armas.

Enquanto contendo o orgasmo
— Poor Mamma Till!
A mulher faz um guisado
— Poor Mamma Till!
Para esperar o marido
— Poor Mamma Till!
Que a seu mando foi vingá-la.

— O how I hate to see that evenin'sun go down...

OSCAR NIEMEYER

Poucos depoimentos eu tenho lido mais emocionantes que o artigo-reportagem de Oscar Niemeyer sobre sua experiência em Brasília.* Para quem conhece apenas o arquiteto, o artigo poderá passar por uma defesa em causa própria — o revide normal de um pai que sai de sua mansidão costumeira para ir brigar por um filho em quem querem bater. Mas para quem conhece o homem, o artigo assume proporções dramáticas. Pois Oscar é não só o avesso do causídico, como um dos seres mais antiautopromocionais que já conheci em minha vida.

Sua modéstia não é, como de comum, uma forma infame de vaidade. Ela não tem nada a ver com o conhecimento realista — que Oscar tem — de seu valor profissional e de suas possibilidades. É a modéstia dos criadores verdadeiramente integrados com a vida, dos que sabem que não há tempo a perder, é preciso construir a beleza e a felicidade no mundo, por isso mesmo que no indivíduo é tudo tão frágil e precário. Esse pungente sentimento do frágil e precário das coisas, que toca em Oscar as notas mais altas da pauta, como que serve para realçar ainda mais a sua dignidade de homem e de artista; pois nunca há nele o sentimento de estar servindo a si próprio, ou mesmo aos seus, mas aos homens em geral, num futuro que ele espera melhor.

Oscar não acredita em Papai do Céu, nem que estará um dia construindo brasílias angélicas nas verdes pastagens do Paraíso. Põe ele, como um verdadeiro homem, a felicidade do seu semelhante no aproveitamento das verdes pastagens da Terra; no exemplo do Trabalho para o bem comum

---

* Posteriormente publicado em livro sob o título *Minha experiência em Brasília*.

e na criação de condições urbanas e rurais, em estreita interdecorrência, que estimulem e desenvolvam este nobre fim: fazer o homem feliz dentro do curto prazo que lhe foi dado para viver.

Eu acredito também nisso, e quando vejo aquilo em que creio refletido num depoimento como o de Oscar Niemeyer, velho e querido amigo, como não me emocionar? É bom ver-se entre os amigos, um cujos pontos de vista coincidem com os nossos; um a quem os anos, em vez de esclerosar ou enclausurar politicamente, pelo contrário remoçam, renovam, revigoram; um cuja visão prática do mundo e dos homens não despreza nunca a dimensão da poesia. Pois a verdade é que a maioria, quando fala de política, quase só abre a boca para dizer bobagem, e se defende cada vez mais dos árduos problemas da responsabilidade humana com a armadura do reacionarismo mais egoísta. E o pior é que nem por isso a gente pode deixar de gostar deles...

Dizia o grande Ésquilo que "tudo o que existe é justo e injusto, e nos dois casos igualmente justificável". Dialeticamente, perfeito, se se analisar a frase do ponto de vista da história, da extraordinária luta do homem para chegar aonde chegou. Mas, humanamente, vamos mais devagar... Hitler, que é historicamente justificável, não deixa por isso de ser um monstro hediondo. Fulgêncio Batista, que é historicamente um Judas nas mãos dos Supremos Sacerdotes e dos Filisteus do açúcar, nem por isso deixa de ser um infame traidor de sua pátria e um dos mais nojentos réprobos dentro da comunidade latino-americana.

Por isso, meu caro Oscar, não ligue demais aos seus detratores. A maioria deles são pintas ultramanjadas. Há, como você muito bem diz, aqueles "a quem falta uma concepção mais realista da vida, que os situe dentro da fragilidade das coisas, tornando-os mais simples, humanos e desprendidos". E a esses, como você muito bem faz, cabe "compreendê-los sem ressentimentos". Mas há também, e infelizmente, os velhacos, os trapaceiros, os provocadores, os policiais. Com esses, é preciso ter mais cuidado. Pois eles estão aí, e partidos para a ignorância.

O ANJO DAS PERNAS TORTAS

A Flávio Porto

A um passe de Didi, Garrincha avança
Colado o couro aos pés, o olhar atento
Dribla um, dribla dois, depois descansa
Como a medir o lance do momento.

Vem-lhe o pressentimento; ele se lança
Mais rápido que o próprio pensamento
Dribla mais um, mais dois; a bola trança
Feliz, entre seus pés — um pé de vento!

Num só transporte a multidão contrita
Em ato de morte se levanta e grita
Seu uníssono canto de esperança.

Garrincha, o anjo, escuta e atende: — Goooool!
É pura imagem: um G que chuta um o
Dentro da meta, um l. É pura dança!

Rio, 1962

AGUA CLARA CON SONIDO

De Garcilaso de la Vega dizia-se que era *el más hermoso y gallardo de cuantos componían la corte del emperador*. Chamavam-no, sem inveja, *el amado de los dioses y su elegido*. Morto com a idade de Cristo (1503-36), viveu o grande toledano uma vida de um brilho raro, distribuída entre um desterro, muitas batalhas e, nos interlúdios, lindas mulheres, entre as quais sobressai sua maior paixão, dona Isabel Freyre, dama portuguesa da corte da imperatriz Isabel, que, aparentemente, não lhe dava o devido troco. Mas a verdade é que o poeta-cortesão ia levando, a mão nos copos da espada, um sorriso nos lábios e estrofes de Virgílio, Dante e Petrarca na ponta da língua, para amaciar corações outros que não o da bem-amada.

Era um bravo, à maneira de Villon e de Camões. Tão bem a cavalo como a pé, amigo de poetas e de santos, morreu nos braços de seu amigo, o marquês de Lombay, que a Igreja canonizaria como são Francisco de Borja, depois de, sozinho, dar início ao assalto à fortaleza de Muy, na Provença. Mas quando repousava-se das armas, empunhava, ao que se conta, a harpa com igual mestria. Formal, no sentido clássico, sem ser culterano, soube deixar fluir de sua curta mas magistral obra poética uma luminosa música verbal que o distingue entre os pioneiros do chamado Século de Ouro da poesia espanhola. E foi também um extraordinário inovador, não só com trazer para a lírica de sua pátria os elementos positivos da escola italiana, mas com enriquecê-la de criações novas, qual seja a estrofe composta de versos de cinco, sete e onze sílabas, conhecida como estrofe-lira, por ser esta a palavra final do primeiro verso de sua famosa canção "A la flor de Gnido":

Si de mi baja lira
tanto pudiese el son que en un momento
aplacase la ira
del animoso viento
y la furia del mar, y el movimiento...

E que maior glória para Garcilaso, ver suas inovações constituírem as formas diletas de poetas espanhóis do século VI da estatura de frei Luis de León e, sobretudo, San Juan de la Cruz?

Há um verso do poeta que me encanta, na écloga dedicada ao vice-rei de Nápoles, em que são personagens seus dois filhos pastoris mais amados, Salicio e Nemeroso. Vem lá pelo meio do poema, e diz assim:

... cuando Salicio, recostado
al pié de una alta haya, en la verdura,
por donde una agua clara con sonido
atravesaba el fresco y verde prado...

O verso a que me refiro, como já hão de ter percebido, é o terceiro do trecho aqui citado: *"por donde una agua clara con sonido"*. É inútil tentar traduzir. Água clara com som, água clara com ruído — nada terá nunca a beleza natural, a luminosidade de córrego límpido correndo fagueiro ao sol, o onomatopeísmo substantivo, sem necessidade de aliterações, do verso original de Garcilaso. São como sons puros de música.

Eu, se jamais tivesse feito um verso assim, pendurava as chuteiras.

O ÔNIBUS GREYHOUND
ATRAVESSA O NOVO MÉXICO

Terra seca árvore seca
E a bomba de gasolina
Casa seca paiol seco
E a bomba de gasolina
Serpente seca na estrada
E a bomba de gasolina
Pássaro seco no fio
(E a bomba de gasolina)
Do telégrafo: S.O.S.
E a bomba de gasolina
A pele seca o olhar seco
(E a bomba de gasolina)
Do índio que não esquece
E a bomba de gasolina
E a bomba de gasolina
E a bomba de gasolina
E a bomba de gasolina...

OS POLITÉCNICOS

Fui a São Paulo, a convite do Grêmio dos Politécnicos, bater um papo com os rapazes em sua faculdade. Recusei-me a fazer uma palestra, pois sou homem de língua emperrada; mas os motivos para a minha ida, como me foram apresentados pelos futuros engenheiros paulistas, pareceram-me bastante válidos, além de modestos. Têm eles que a carreira escolhida oferece o perigo de canalizar o pensamento para problemas puramente tecnológicos, em prejuízo de uma humanização mais vasta, tal como a que pode ser adquirida em contato com o homem em geral e as artes em particular.

Há muito não me sentava diante de tantos moços, com um microfone na mão, para lhes responder sobre o que desse e viesse. "Quem sou eu", perguntei-me, não sem uma certa amargura, "quem sou eu, que não sei sequer consertar uma tomada elétrica, para arrogar-me o direito de vir responder às perguntas destes jovens que amanhã estarão construindo obras concretas e positivas para auxiliar o desenvolvimento deste louco país?" Mas eles, aparentemente, pensavam o contrário, pois puseram-se a bombardear-me de perguntas que, falar verdade, não dependiam em nada de cálculos, senão de experiência, bom senso e um grão de poesia. Providenciaram mesmo uma bonita cantorazinha de nome Mariana, que estreava na boate Cave (de onde partiram para a fama Almir Ribeiro e Morgana) para cantar coisas minhas e de Antonio Carlos Jobim: o que era feito depois de eu responder se acreditava ou não em Deus, como explicava a existência de mulheres feias e o que pensava de João Gilberto.

A homenagem foi simpática, mas no meio daquilo tudo comecei a ser tomado por uma sensação estranha. Aqueles rapazes todos que estavam ali, cada um com a sua personalidade própria — João gostando do romance *Lolita*, Pedro detestando; Luís preferindo mulatas, Carlos, louras; Francisco acreditando em Karl Marx, Júlio em Jânio Quadros; Kimura preferindo filme de mocinho, Giovanni gostando mais de cinema francês — já não os tinha visto eu em outras circunstâncias, em outros tempos? Aquele painel de rostos desabrochando para a vida, aqueles olhos sequiosos ao mesmo tempo de amor e de conhecimento, não eram eles o primeiro plano de uma imagem que se ia perder no vórtice de uma perspectiva interminável, como num jogo de espelhos? Atrás de cada uma daquelas faces não havia o fotograma menor de outra face, como ela ávida de saber o porquê das coisas, e atrás dessa outra, e mais outra, e outra ainda? Vi-os, de repente, todos fardados me olhando, atentos às instruções de guerra que eu lhes dava em voz monótona: "Os três grupos decolarão em intervalos de cinco minutos, e deixarão cair sua carga de bombas nos objetivos A, B e C, tal como se vê no mapa. É favor acertarem os relógios...". Mariana cantava, um pouco tímida diante de tantos rapazes, a minha "Serenata do adeus":

Ai, vontade de ficar mas tendo de ir embora...

Qual daqueles moços seria um dia ministro? Qual seria assassino? Quem, dentre eles, trairia primeiro o anjo de sua própria mocidade? Qual viraria grã-fino? Qual ficaria louco?

Tive vontade de gritar-lhes: "Não acreditem em mim! Eu também não sei nada! Só sei que diante de mim existe aberta uma grande porta escura, e além dela é o infinito — um infinito que não acaba nunca! Só sei que a vida é muito curta demais para viver e muito longa demais para morrer!".

Mas ao olhar mais uma vez seus rostos pensativos diante da canção que lhes falava das dores de amar, meu coração subitamente se acendeu numa grande chama de amor por eles, como se eles fossem todos filhos meus. E eu me armei de todas as armas da minha esperança no destino do homem para defender minha progênie, e bebi do copo que eles me haviam oferecido, e porque estávamos todos um pouco emocionados, rimos juntos quando a canção terminou. E eu fiquei certo de que nenhum deles seria nunca um louco, um traidor ou um assassino porque eu os amava tanto, e o meu amor haveria de protegê-los contra os males de viver.

O VERBO NO INFINITO

Ser criado, gerar-se, transformar
O amor em carne e a carne em amor; nascer
Respirar, e chorar, e adormecer
E se nutrir para poder chorar

Para poder nutrir-se; e despertar
Um dia à luz e ver, ao mundo e ouvir
E começar a amar e então sorrir
E então sorrir para poder chorar.

E crescer, e saber, e ser, e haver
E perder, e sofrer, e ter horror
De ser e amar, e se sentir maldito

E esquecer tudo ao vir um novo amor
E viver esse amor até morrer
E ir conjugar o verbo no infinito...

Rio, 1960

CANTO DE AMOR E DE ANGÚSTIA
À SELEÇÃO DE OURO DO BRASIL

Minha seleçãozinha de ouro da Copa do Mundo de 1962 eu vos suplico que não jogueis mais futebol internacional não porque o meu pobre coração não aguenta tanto sofrimento eu juro que prefiro ver vocês disputando só aqui dentro do gramado nacional porque aqui a gente já sabe como é e embora eu torça pelo Botafogo ninguém vai morrer mas não é o mesmo a não ser talvez o meu bom Ciro Monteiro quando o Flamengo entra bem porque nós somos todos irmãos e briga entre irmãos se resolve em casa mas lá fora tudo é diferente eu quase tive um enfarte eu quase tive uma embolia tinha uma coisa que bulia dentro do meu cérebro eu acho que era o Puskás chutando minha massa cinzenta de tanta raiva filho de uma boa senhora vocês deviam é ter lhe dado um pontapé no cóccix vá ser *oriundi* ele sabe onde mas você Amarildo garoto lindo do meu Botafogo você representou o Rei à altura coitado do meu Pelé com aquela distensão na virilha se estorcendo em dores para maior glória do futebol brasileiro ele é que devia ser Primeiro-Ministro do nosso Brasil trigueiro sabe Pelé eu nunca chamei ninguém de gênio porque acho besteira mas você eu chamo mesmo no duro você e o meu Garrincha que eu louvo a santa natureza lhe ter dado aquelas pernas tortas com que ele botou a Espanha entre parêntesis garoto bom passou o primeiro passou o segundo o terceiro o quarto chutou GOOOOOOOOOL DOOO BRAAAAASIL que beleza maior beleza não tem nem pode ter toda essa raça vibrando com uma dispneia coletiva ah que vasoconstrição mais linda o sangue entrando verde pelo ventrículo direito e saindo amarelo pelo ventrículo esquerdo e se fundindo no corpo amoroso de pobres e ricos doentes de paixão pela pátria e até a

revolução social em marcha para maravilhada para ver Seu
Mané balançar o barbante e aí ela prossegue seu caminho
inflexível contente da vida de estar marchando nessa terra
em que são todos irmãos até mesmo os que amanhã podem
estar regando com o seu generoso sangue este solo nativo
onde seremos enterrados enrolados moralmente na bandei-
ra brasileira ao som de "Cidade Maravilhosa" mas como eu
ia dizendo não me façam mais aquilo do primeiro tempo
com a Espanha porque senão vai ter um poeta a menos no
mundo eu sei que poeta não resolve não dribla não enca-
çapa a não ser o Paulinho Mendes Campos a gente fica só
mesmo é driblando a angústia o medo o amor a morte poxa
eu estou agora meio doente acordo em sobressaltos eu acho
que nem vou poder ouvir o jogo final senão eu faço feito
aquele cara que estourou a cabeça contra um poste no fim
do primeiro tempo com a Espanha porque é demais tanta
ansiedade eu já não sou criança as coronárias não aguen-
tam brasileiro é mesmo sentimental a gente chora porque a
vida dói muito em nós conforme disse o Carlinhos Oliveira
aqui não tem Marienbad não é tudo gleba feita do barro
natal e lágrimas de amor até grã-fino sofre e é capaz de não
ir ao Jirau para ver Didi mestre sereno da arte do balipédio
Einstein da folha-seca ou então os Professores Nilton e
Djalma Santos que precisam ser canonizados porque nunca
pensam em si mesmos só em Gilmar pobrezinho mais sozi-
nho do que Cristo no Horto no meio daquele retângulo abs-
trato no vórtice do qual se esconde o hímen da pátria-meni-
na que todos nós havemos de defender até a última gota do
nosso sangue dá-lhe San Thiago porque olhe que eu sou
até um cara que não é dessas coisas mas juro que estou fi-
cando com uma xenofobia de lascar e só de me lembrar do
Puskás vou até tomar um tranquilizador senão eu dou uma
bomba aqui nesta máquina de escrever que vai ser fogo e aí
morro porque eu não aguento mais tanta agonia por favor
ganhem logo e voltem para casa com a Taça erguida bem

alto para a transubstanciação do nosso e do vosso júbilo o Rio de Janeiro a vossos pés e muito papel picado caindo das sacadas da avenida Rio Branco e da cabeça dos políticos é só o que eu lhes peço voltem porque senão a revolução em marcha não caminha ela fica também encantada com a vossa divina mestria e por favor poupem o coração deste e de setenta milhões de poetas cuja vida pulsa em vossos artelhos enquanto vos dirigis para a vitória final inelutável com a ajuda de Nossa Senhora da Guia nosso pai Xangô e Seu Mané Garrincha Olé!

POÉTICA (II)

Com as lágrimas do tempo
E a cal do meu dia
Eu fiz o cimento
Da minha poesia.

E na perspectiva
Da vida futura
Ergui em carne viva
Sua arquitetura.

Não sei bem se é casa
Se é torre ou se é templo:
(Um templo sem Deus.)

Mas é grande e clara
Pertence ao seu tempo
— Entrai, irmãos meus!

Rio, 1960

A BELA NINFA DO BOSQUE SAGRADO

A noite é alta, Ciro's terminou e estamos todos — um destacado grupo de "estrelas" e "astros", entre os quais sou um modesto meteorito — na casa de Beverly Hills de Herman Hover, o notório dono da famosa boate de Sunset Boulevard. Vou nas águas de minha amiga Carmen Miranda, com quem saí e a quem, como um cavalheiro que sou, depositarei em sua vivenda de Bedford Street. Lá estão também as figuras ciclópicas de José do Patrocínio de Oliveira, o não menos conhecido Zé Carioca, e seu sonoplástico parceiro Nestor Amaral, ambos homens dos sete instrumentos, sendo que este é capaz de tocar o Hino Nacional batendo com um lápis nos dentes e o "Tico-tico no fubá" mediante pequenos cascudos acústicos aplicados no cocuruto — tudo diante de um microfone, bem entendido.

Carmen está quieta, sentada no braço de minha poltrona. Tornamo-nos rapidamente grandes amigos. Celebramo-nos com o devido foguetório quando nos encontramos e uma vez juntos temos assunto para conversas intermináveis, sempre salpicadas de história sobre seus inícios como cantora, que me encantam. Sua verve é inesgotável e ninguém imita como ela antigas situações marotas em que se viram envolvidos, nos primeiros contatos com o público, seus velhos companheiros Mário Reis, Francisco Alves e Ari Barroso, na fase renascentista do samba carioca. Aprendi a querer-lhe muito bem e admirar a coragem com que enfrenta, ela uma mulher toda sensibilidade, a tortura de se ter tornado um grande cartaz comercial para Hollywood e de ter de sorrir à boçalidade, com raríssimas exceções, dos produtores, diretores, cenaristas, cinegrafistas, iluminadores e demais mão de obra dos estúdios.

Mas hoje Carmen está quieta. Seus imensos olhos verdes se horizontalizam numa linha de cansaço, quem sabe tédio, daquilo tudo já "tão tido, tão visto, tão conhecido", como diria Rimbaud. Cerca de nós, o ator Sonny Tufts toca um piano mais bêbado que o do genial Jimmy Yancey nas faixas em que foi gravado sem saber. Depois seu corpanzil oscila, ele se levanta só Deus sabe como e sai por ali cercando frango, não sem antes abraçar à passagem a atriz Ella Raines, que compareceu de noivo em punho e deixa-se estar com este a um canto, com um ar de Alicinha que só enganaria os drs. Sobral Pinto e Albert Schweitzer.

Numa poltrona a meu lado estira-se, com um viso suficientemente decomposto, o magnata Howard Hughes. Troco duas palavras com ele, mas o tedioso multimilionário e *playboy*, descobridor e bicho-papão de "estrelas", me parece muito mais interessado em Ella Raines — espécie de Grace Kelly de 1940, só que menos pasteurizada. Deixo-o, pois, à sua nova conquista, enquanto no meio da sala, Zé Carioca e Nestor Amaral "se viram" para chamar a atenção sobre os seus dotes de instrumentistas. Mas a pressão geral é grande e cada um procura cavar o pão da noite como pode, enquanto Herman Hover passeia com um ar de Napoleão em Marengo. Há propostas para um banho de piscina, para um concurso de rumba e outras trivialidades, mas ninguém topa mesmo porque o Sol (ou melhor "Ele", como dizem com o maior nojo meus amigos Américo e Zequinha Marques da Costa) já deve, contumaz ginasta matutino, estar pendurado à barra do horizonte para a sua atlética flexão de cada dia. O ambiente se está nitidamente desgastando em álcool e semostração.

Vou propor a Carmen irmos embora quando uma cortina se entreabre e surge uma mulher espetacular. Não creio que ninguém houvesse reparado, mas a mim ela me pareceu tão linda, tão linda que foi como se tudo tivesse de repente desaparecido diante dela. Fiquei, confesso, totalmente obnubilado ante tanta beleza, muito embora essa beleza se movimentasse, por assim dizer, um pouco à base da dança a que chamam quadrilha: dois passinhos para diante e três para trás com direito a derrapagem. Mas o que o corpo fazia, o rosto desconhecia; pois esse rosto tinha mais majestade que Carlos Machado entrando no Sacha's. Ela olhou em torno com um soberano ar de desprezo e logo, dando com Carmen, tirou um zigue-zague até ela, vindo postar-se no esplendor de todo o seu pé-direito justo diante de mim, coitadinho que nunca fiz mal a ninguém.

— *Hey, Carmen* — disse ela.

— *Hey, honey* — respondeu Carmen com o seu sorriso nº 3.

— *Gee, Carmen. I think you're wonderful, you know. I think you're tops, you know. Tops. You're terrific.*

Para quem não sabe inglês, esse diálogo inteligente exprimia a admiração da moça por Carmen, a quem ela chamava de "do diabo", de "a máxima" e toda essa coisa. Passado o quê, dá ela de repente comigo lá embaixo, pobre de mim que tive bronquite em criança, e olhando-me por cima de suas pirâmides, fez-me a seguinte pergunta num tom de rainha para vassalo:

— *Who are you?* (— Quem é você?)

Declinei minha condição de modesto servidor da pátria no estrangeiro, o que não pareceu interessá-la um níquel. Em seguida, sem aviso prévio, ela debruçou-se a ponto de eu poder ver o algodãozinho que havia juntado no seu umbigo, pôs as mãos sobre os meus braços, trouxe o rosto até um centímetro do meu e cuspindo-me todo como devia fez-me a seguinte indagação:

— *Do you think I'm beautiful?* (— Você me acha bonita?)

Fiz-lhe os elogios de praxe. Ela esticou-se novamente e concordou comigo:

— *You're right. I'm very beautiful. But morally, I stink!* (— Você está certo. Eu sou muito bonita. Mas moralmente eu... — como traduzir sem ofender tanta beleza, tirante os ouvidos do leitor? — não cheiro muito bem.)

Dito o quê, partiu como chegara, através da mesma cortina, para onde suponho houvesse um bar privado. Só sei que aquilo deu-me uma grande animação, a festa continuou até "Ele" raiar e eu acabei dançando com a linda moça, ela bastante mais alta do que eu, o que permitia ouvir-lhe bater o coração, de resto levemente taquicárdico. Antes de sair vi vários casais no jardim que não se sabia mais quem era quem, vi Sonny Tufts atravessado num sofá, vi coisas como só se vê em baile de Carnaval. Festinha familiar, como diria a finada dona Sinhazinha.

Fora perguntei a Carmen se ela sabia quem era a deusa.

— É uma atriz nova que está entrando agora. Bonita, não é? Chama-se Ava Gardner.

Hollywood, novembro de 1946

NAMORADOS NO MIRANTE*

Eles eram mais antigos que o silêncio
A perscrutar-se intimamente os sonhos
Tal como duas súbitas estátuas
Em que apenas o olhar restasse humano.
Qualquer toque, por certo, desfaria
Os seus corpos sem tempo em pura cinza.
Remontavam às origens — a realidade
Neles se fez, de substância, imagem.
Dela a face era fria, a que o desejo
Como um íctus, houvesse adormecido
Dele apenas restava o eterno grito
Da espécie — tudo mais tinha morrido.
Caíam lentamente na voragem
Como duas estrelas que gravitam
Juntas para, depois, num grande abraço
Rolarem pelo espaço e se perderem
Transformadas no magma incandescente
Que milênios mais tarde explode em amor
E da matéria reproduz o tempo
Nas galáxias da vida no infinito.

Eles eram mais antigos que o silêncio...

Rio, 1960

* Feito para uma fotografia de Luís Carlos Barreto.

VELHA MESA

É uma velha mesa sobre a qual bato hoje a minha crônica. Pouco mais de um metro por uns quarenta centímetros de largura. Móvel digno, com duas gavetas laterais, um verniz escuro cobria em outros tempos seu jacarandá. Às vezes me dá vontade de parar de escrever, descansar minha cabeça no seu duro regaço e ficar lembrando a infância longínqua.

É uma velha querida mesa. Foi lixada para parecer mais nova, mas mostra ainda por toda parte as rugas que lhe causaram a minha inquietação juvenil. O canivete entalhou fundo em sua carne fibrosa e ainda é possível distinguir nomes de antigas amadas, quase esvanecidos. Lembro de que aqui à direita ficava o teu nome pequeno e louro, ó minha namorada de oito anos. Na ponta esquerda, lá onde existe um nódulo escuro, havia uma cruz assim:

```
        A
A   M   O   R
        O
        R
```

— como a prenunciar um eterno suplício. A palavra POESIA gravada em caracteres largos, não mais se vê, mas o pequeno violão desenhado a gilete, com uma clave de sol ao lado, resistiu ao carpinteiro.

Foi esta a única verdadeira mesa de trabalho que jamais tive. Na gaveta da direita guardava os versos de meu pai, minha primeira e maior influência. Meus cadernos de estudo, empilhava-os à esquerda — ah, cadernos meus de geografia com mapas tão cuidadosamente copiados! — e do outro lado alinhava o grande caderno preto da prefeitura, onde passava a limpo meus primeiros versos. A página de guarda mostrava, escrito a tinta, o título *Foederis arca — A arca da fé* — e levava, se não me engano, epígrafe de Vigny e um gosto à reticência...

J'écris... pourquoi?...
Je ne sais... parce qu'il faut...

Nessa mesa passou horas infindáveis de amor e poesia um menino com o meu rosto, labutando no verso uma forma ainda hoje não alcançada. E foi nela também que, uma madrugada, a suar sangue, um poetinha de dezoito anos desencantou de uma página em branco o seu primeiro poema original — emoção tão grande como talvez nunca nenhuma.

Doce rever-te, velha mesa, depois de tanto, tanto tempo. Como a ti, andaram me polindo. Há também em mim nomes e símbolos quase indistinguíveis sob a lixa do tempo. Mas não és tu a mesa da infância e da juventude — aquela sobre que gotejaram, no pungente labor do verso e na angústia do amor sozinho, as primeiras lágrimas de um homem que nada sabia e nada sabe senão amar a mulher?

SONETO DA MULHER AO SOL

Uma mulher ao sol — eis todo o meu desejo
Vinda do sal do mar, nua, os braços em cruz
A flor dos lábios entreaberta para o beijo
A pele a fulgurar todo o pólen da luz.

Uma linda mulher com os seios em repouso
Nua e quente de sol — eis tudo o que eu preciso
O ventre terso, o pelo úmido, e um sorriso
À flor dos lábios entreabertos para o gozo.

Uma mulher ao sol sobre quem me debruce
Em quem beba e a quem morda e com quem me lamente
E que ao se submeter se enfureça e soluce

E tente me expelir, e ao me sentir ausente
Me busque novamente — e se deixa a dormir
Quando, pacificado, eu tiver de partir...

A bordo do *Andrea C.*, a caminho da França,
novembro de 1956

A ALEGRE DÉCADA DE 20

Suponhamos, leitor, que você acorde um dia quatro décadas atrás, no período entre 1920 e 1930 que sucedeu à Primeira Grande Guerra e onde a disponibilidade e falta de critério eram gerais: os "Gay Twenties", como ficou conhecida nos Estados Unidos a era do jazz, tão fabulosamente vivida e narrada pelo romancista Scott Fitzgerald.

Suponhamos que você tivesse uma amiga, ou melhor, uma "amiguinha" rica e quisesse fazer um programa com ela. Iria encontrá-la em casa metida num *peignoir* de cetim *ciré*, sandálias de pompom, piteira em riste a queimar um Abdoula, envolta em ondas de Mitsouko ou Tabac Blond, do perfumista Caron. Ela estaria, naturalmente, num divã coberto de almofadas, e na testa da jovem "melindrosa", você notaria um "pega-rapaz", ou antes, uma "belezinha", feita com uns poucos fios de cabelo.

Você ficaria, leitor amigo, como é natural, entre surpreso e encantado, sobretudo quando notasse que, ao sorrir, a sua diva mordia a pontinha da língua num tique faceiro. E mais encantado ainda quando, ao pedir um uísque, visse a empregada voltar com um coquetel *rose*, delicada beberagem à tona da qual estaria boiando, qual leve batel, uma pétala de rosa...

Depois de tomar uns oitenta desses, você ouviria a sua amiguinha adverti-lo contra os perigos de uma "carraspana". Mas qual! Estando habituado ao uísque falsificado da maioria das nossas boates e bares, você nem estaria sentindo o anunciado "pifão". Pelo contrário. Animadíssimo, colocaria uma "chapa" no gramofone e tiraria sua amiguinha para dançar um *ragtime*. Em seguida, mirando ao espelho a sua elegância — calça estreita de flanela, paletó azul-marinho cintado, camisa listada, gravata-borboleta, sapato *camouflage* e chapéu de palhinha —, você, com uma graciosa pirueta de satisfação, convidaria sua amiguinha para uma saída:

— Vamos ao chá dançante do Palace Hotel?

E ela, com um muxoxo:

— Não, hoje eu preferia muito ir ver o *Bataclan*. Dizem que é "supimpa".

Dado a coisas mais finas que o *vaudeville* ou o teatro de revista, você ainda tentaria convencer o seu "pedaço de mau caminho" a ir, em vez, à festa do Fluminense ouvir os Corsarinos e sua *jazz-band*: um negócio do "balacobaco". Mas a menina não estava nada para coisas muito formais.

Em vista do quê, você, leitor, estirando-se numa otomana, à luz do abajur cor *bleu* (como bem caracterizava o *fox-trot* "Hindustão"), você pegaria com um gesto displicente os poemas de Hermes Fontes, ou o *La garçonne* de Victor Margueritte — e perdido entre bibelôs, esperaria que sua amiguinha se arrumasse "com uma rapidez de Fregoli", conforme anunciara, referindo-se ao famoso transformista.

Mas essa arrumação tomaria tempo. Primeiro, desfazer os papelotes e desbastar a gaforinha — coisa que levava usualmente uma meia hora. Depois, enfiar as meias *fumées*, os sapatos *mordorés*, o chapéu *canotier* e passar no pescoço o *renard argenté* (uma magra raposinha a morder o próprio rabo). Só então a sua linda vigarista, depois de um último retoque ao espelho da entrada, iria à vida com você para diverti-lo um pouco à custa de uns magros "caraminguás".

De volta ao tempo presente, leitor, você acharia que não era má a ideia de uma saída para ir ao 36 ver o Caymmi, ou ao Sacha's para gozar do refrigerado. Aí você passaria a mão no telefone, discaria um número, e quando a voz feminina lhe respondesse do outro lado você diria assim:

— Como é, ó vigarista? Mete aí um bom pano em cima de ti e vamos enfrentar um escurinho musicado. Não, nada de botar banca pra cima de mim. Eu te manjo. É isso mesmo.

Vamos lá tirar a ficha da moçada. A gaita anda curta para o *scotch* mas dá para molhar a garganta com uma "loura". Menina, hoje estou enxugando o fino! O *couvert* já está conversado. Você sabe que o papai mora no assunto. Taca peito.[*]

---

[*] O autor se julga no dever de advertir, com relação à gíria empregada no último parágrafo, que esta crônica data de 1953.

UM BEIJO

Um minuto o nosso beijo
Um só minuto; no entanto
Nesse minuto de beijo
Quantos segundos de espanto!
Quantas mães e esposas loucas
Pelo drama de um momento
Quantos milhares de bocas
Uivando de sofrimento!
Quantas crianças nascendo
Para morrer em seguida
Quanta carne se rompendo
Quanta morte pela vida!
Quantos adeuses efêmeros
Tornados o último adeus
Quantas tíbias, quantos fêmures
Quanta loucura de Deus!
Que mundo de mal-amadas
Com as esperanças perdidas
Que cardume de afogadas
Que pomar de suicidas!
Que mar de entranhas correndo
De corpos desfalecidos
Que choque de trens horrendo
Quantos mortos e feridos!
Que dízima de doentes
Recebendo a extrema-unção
Quanto sangue derramado
Dentro do meu coração!

Quanto cadáver sozinho
Em mesa de necrotério
Quanta morte sem carinho
Quanto canhenho funéreo!
Que plantel de prisioneiros
Tendo as unhas arrancadas
Quantos beijos derradeiros
Quantos mortos nas estradas!
Que safra de uxoricidas
A bala, a punhal, a mão
Quantas mulheres batidas
Quantos dentes pelo chão!
Que monte de nascituros
Atirados nos baldios
Quantos fetos nos monturos
Quanta placenta nos rios!
Quantos mortos pela frente
Quantos mortos à traição
Quantos mortos de repente
Quantos mortos sem razão!
Quanto câncer sub-reptício
Cujo amanhã será tarde
Quanta tara, quanto vício
Quanto enfarte do miocárdio
Quanto medo, quanto pranto
Quanta paixão, quanto luto!...
Tudo isso pelo encanto
Desse beijo de um minuto:
Desse beijo de um minuto

Mas que cria, em seu transporte
De um minuto, a eternidade
E a vida, de tanta morte.

Petrópolis, 18/3/1958

SOBRE OS DEGRAUS DA MORTE...

NA MORTE DE PAUL ÉLUARD

Ainda tenho no ouvido tua voz grave, feita metálica pelo interurbano, a me dizer do México para Los Angeles: *"Alors, mon vieux, qu'est-ce que tu attends? Viens, donc..."*. Tu me chamavas sem me conhecer, porque sabias que eu sou poeta, não tão grande quanto és, não tão bravo quanto foste, não tão necessário quanto serás; mas poeta, e poeta atento às necessidades do seu tempo. Tu me chamavas porque outros poetas, amigos nossos, te haviam falado de mim.

Eras tu, Di Cavalcanti, Neruda, Guillén a me chamarem, a me mandarem cartas escritas em bares, cheias de fraternidade e palavrões, a me falarem da beleza do México e do gosto da *tequila*, a me cativarem para o vosso convívio boêmio e grave.

E eu fui. Fui porque me "tutoiaste" sem me conhecer, nessa grande intimidade que só os poetas têm e só a poesia pode dar. Mas quando cheguei já havias partido para a França, a compromissos urgentes. Conheci tua mulher, tua terceira mulher, Dominique, que ficara por uns poucos dias mais, essa menina alta, de face lisa de campônia, que vivia ainda envolta na beleza das coisas que lhe deras e lhe disseras. Tinhas casado com ela dias antes, depois de um passeio louco em companhia de Siqueiros e sua mulher pelo México adentro. Ela só tinha na boca jovem um nome: o teu nome. Ela dizia Paul, Paul, Paul, Paul — com uma esperança simples no olhar. Seus braços traziam ainda as marcas de tuas carícias de homem. Tinhas dado um papagaio a ela, e ela o carregava alto no dedo e lhe falava de ti, dizia-lhe que breve estaríeis todos juntos na França, e que ele teria de ter juízo e não falar quando o poeta estivesse trabalhando, pois o poeta era um homem cheio de poemas a fazer. Ela lhe falava como a uma criança, a voz quente, e as penas da cabeça da ave eriçavam-se brandamente enquanto engrolava também doces absurdos.

Tua morte — como a de Mário de Andrade, de *angina pectoris* — chegou-me, tal a dele, como um teor vazio e abstrato. Inútil pensar que morreste. Mário morreu por acaso? Não vem ele visitar-me sempre que estou sozinho, sempre que estou sofrendo, o amigo fiel? — e não pousa como dantes a grande mão no meu ombro e se deixa horas comigo a discutir os velhos assuntos sentidos, poesia, amizade, beleza, amor, morte, vida, arte, povo, mulher, bebida — e poesia ainda, e ainda poesia, e mais poesia?

Loucura pensar que morreste. Sobre cada face viva, sobre cada coisa viva, sobre o coração da vida — escrevo o teu nome.

Escrevo o teu nome sobre os degraus da morte, gravo-o a fogo sobre os seios da aurora, pinto-o em luz sobre tudo o que é triste, escuro e trágico. Tu escolheste. Tu foste claro, ardente, digno. Delicado até os ossos de ti mesmo — esses que restarão de tua bela figura de homem — tu enfrentaste a brutalidade dos carrascos. Hoje eu digo o teu nome e digo-o sentindo-me melhor por ter participado do teu tempo humano. Teu nome é também Liberdade, Paul Éluard.

SONETO DO AMOR COMO UM RIO

Este infinito amor de um ano faz
Que é maior do que o tempo e do que tudo
Este amor que é real, e que, contudo
Eu já não cria que existisse mais.

Este amor que surgiu insuspeitado
E que dentro do drama fez-se em paz
Este amor que é o túmulo onde jaz
Meu corpo para sempre sepultado.

Este amor meu é como um rio; um rio
Noturno, interminável e tardio
A deslizar macio pelo ermo.

E que em seu curso sideral me leva
Iluminado de paixão na treva
Para o espaço sem fim de um mar sem termo.

Montevidéu, 1959

SAMBA DE BREQUE

Esta história é verdade.

Um tio meu vinha subindo a rua Lopes Quintas, na Gávea — era noite — quando ouviu sons de cavaquinho provenientes de um dos muitos casebres que minha avó viúva permite nos seus terrenos. O cavaco cavucava em cima de um samba de breque, e esse meu tio, compositor ele próprio, resolveu dar uma estirada até a casa, que era a de um conhecido seu, companheiro de música, um rapaz operário com mulher e uma penca de filhos. Tinha toda a intimidade com a família e às vezes ficava por lá horas inteiras com o amigo, cada qual palhetando no seu cavaquinho, puxando música madrugada adentro.

Nessa noite o ambiente era diverso. À luz mortiça da sala meu tio viu a família dolorosamente reunida em torno de uma pequena mesa mortuária, sobre a qual repousava o corpo de um "anjinho". Era o caçula da casa que tinha morrido, e meu tio, parado à porta, não teve outro jeito senão entrar, dar as condolências de praxe e reunir--se ao velório. O ambiente era de dor discreta — tantos filhos! — de modo que ao fim de poucos minutos, não se sentindo por demais necessário, meu tio resolveu partir. Tocou no braço da mulher e fez-lhe um sinal. Mas esta, saindo da sua perplexidade, pediu-lhe que entrasse para ver o amigo.

Foi encontrá-lo num miserável aposento interior, sentado num catre, o cavaquinho na mão.

— Pois é, velhinho. Veja só... O meu caçula...

Meu tio bateu-lhe no ombro, consolando-o. A presença amiga trouxe para o pai uma pequena e doce crise de lágrimas de que ele muito se desculpou com ar machão:

— Poxa, seu! Até pareço mulher! Não repara, hein companheiro...

Meu tio, com ar mais machão ainda, fez qual-que-bobagem, essa coisa. Depois o rapaz disse:

— Tenho um negocinho para te mostrar...

E teve um gesto vago, apontando a sala onde estava o filho morto, como a significar qualquer coisa que meu tio não compreendeu bem.

— Manda lá.

Conta meu tio que, depois de uma introdução dentro das regras, o rapaz entrou com um samba de breque que, cantado em voz respeitosamente baixa e ainda úmida de choro, dizia mais ou menos o seguinte:

Tava feliz
Tinha vindo do trabalho
E ainda tinha tomado
Uma privação de sentidos no boteco do lado
Que bom que estava o carteado...
O dia ganho
E mais um extra pra família
Resolvi ir para a casa
E gozar
A paz do lar
— Não há maior maravilha!
Mal abro a porta
Dou com uma mesa na sala
A minha mulher sem fala
E no ambiente flores mil
E sobre a mesa
Todo vestido de anjinho
O Manduca meu filhinho
Tinha esticado o pernil.

Diz meu tio que, entre horrorizado e comovido com

aquela ingênua e macabra celebração do filho morto, ouviu o amigo, a pipocar lágrimas dos olhos fixos no vácuo, rasgar o breque do samba em palhetadas duras:

— *O meu filhinho*
Já durinho
Geladinho!

CARTA DO AUSENTE

Meus amigos, se durante o meu recesso virem por acaso
                            [passar a minha amada
Peçam silêncio geral. Depois
Apontem para o infinito. Ela deve ir
Como uma sonâmbula, envolta numa aura
De tristeza, pois seus olhos
Só verão a minha ausência. Ela deve
Estar cega a tudo o que não seja o meu amor (esse indizível
Amor que vive trancado em mim como num cárcere
Mirando empós seu rastro).
Se for à tarde, comprem e desfolhem rosas
À sua melancólica passagem, e se puderem
Entoem *cantus primus*. Que cesse totalmente o tráfego
E silenciem as buzinas de modo que se ouça longamente
O ruído de seus passos. Ah, meus amigos
Ponham as mãos em prece e roguem, não importa a que ser
                            [ou divindade
Por que bem haja a minha grande amada
Durante o meu recesso, pois sua vida
É minha vida, sua morte a minha morte. Sendo possível
Soltem pombas brancas em quantidade suficiente para que
                            [se faça em torno
A suave penumbra que lhe apraz. Se houver por perto
Uma *hi-fi*, coloquem o "Noturno em si bemol" de Chopin;
                            [e se porventura
Ela se puser a chorar, oh recolham-lhe as lágrimas em
                          [pequenos frascos de opalina
A me serem mandados regularmente pela mala diplomática.
Meus amigos, meus irmãos (e todos
Os que amam a minha poesia)

Se por acaso virem passar a minha amada
Salmodiem versos meus. Ela estará sobre uma nuvem
Envolta numa aura de tristeza
O coração em luz transverberado. Ela é aquela
Que eu não pensava mais possível, nascida
Do meu desespero de não encontrá-la. Ela é aquela
Por quem caminham as minhas pernas e para quem foram
[feitos os meus braços
Ela é aquela que eu amo no meu tempo
E que amarei na minha eternidade — a amada
Una e impretérita. Por isso
Procedam com discrição mas eficiência: que ela
Não sinta o seu caminho, e que este, ademais
Ofereça a maior segurança. Seria sem dúvida de grande
[acerto
Não se locomovesse ela de todo, de maneira
A evitar os perigos inerentes às leis da gravidade
E do *momentum* dos corpos, e principalmente aqueles
[devidos
À falibilidade dos reflexos humanos. Sim, seria
[extremamente preferível
Se mantivesse ela reclusa em andar térreo e intramuros
Num ambiente azul de paz e música. Oh, que ela evite
Sobretudo dirigir à noite e estar sujeita aos imprevistos
Da loucura dos tempos. Que ela se proteja, a minha amada
Contra os males terríveis desta ausência
Com música e equanil. Que ela pense, agora e sempre
Em mim que longe dela ando vagando
Pelos jardins noturnos da paixão
E da melancolia. Que ela se defenda, a minha amiga

Contra tudo o que anda, voa, corre e nada; e que se lembre
Que devemos nos encontrar, e para tanto
É preciso que estejamos íntegros, e acontece
Que os perigos são máximos, e o amor de repente, de tão
                                                    [grande
Tornou tudo frágil, extremamente, extremamente frágil.

Montevidéu, julho de 1958

A TRANSFIGURAÇÃO PELA POESIA*

Creio firmemente que o confinamento em si mesmo, imposto a toda uma legião de criaturas pela guerra, é dinamite se acumulando no subsolo das almas para as explosões da paz. No seio mesmo da tragédia sinto o fermento da meditação crescer. Não tenho dúvida de que poderosos artistas surgirão das ruínas ainda não reconstruídas do mundo para cantar e contar a beleza de reconstruí-lo livre. Pois na luta onde todos foram soldados — a maioria nos campos de batalha, a maioria nas solidões do próprio eu, lutando a favor da liberdade e contra ela, a favor da vida e contra ela — os sobreviventes, de corpo e espírito, e os que aguardaram em lágrimas a sua chegada imprevisível, hão de se estreitar num abraço tão apertado que nem a morte os poderá separar. E o pranto que chorarem juntos há de ser água para lavar dos corações o ódio e das inteligências o mal-entendido.

Porque haverá nos olhos, na boca, nas mãos, nos pés de todos uma ânsia tão intensa de repouso e de poesia, que a paixão os conduzirá para os mesmos caminhos, os únicos que fazem a vida digna: os da ternura e do despojamento. Tenho que só a poesia poderá salvar o mundo da paz política que se anuncia — a poesia que é carne, a carne dos pobres humilhados, das mulheres que sofrem, das crianças com frio, a carne das auroras e dos poentes sobre o chão ainda aberto em crateras.

Só a poesia pode salvar o mundo de amanhã. E como que é possível senti-la fervilhando em larvas numa terra prenhe de cadáveres. Em quantos jovens corações, neste momento mesmo, já não terá vibrado o pasmo da sua obs-

* Primeira crônica do autor, publicada em *A Manhã*, 1946.

cura presença? Em quantos rostos não se terá ela plantado, amarga, incerta esperança de sobrevivência? Em quantas duras almas já não terá filtrado a sua claridade indecisa? Que langor, que anseio de voltar, que desejo de fruir, de fecundar, de pertencer, já não terá ela arrancado de tantos corpos parados no antemomento do ataque, na hora da derrota, no instante preciso da morte? E a quantos seres martirizados de espera, de resignação, de revolta já não terão chegado as ondas do seu misterioso apelo?

Sofre ainda o mundo de tirania e de opressão, da riqueza de alguns para a miséria de muitos, da arrogância de certos para a humilhação de quase todos. Sofre o mundo da transformação dos pés em borracha, das pernas em couro, do corpo em pano e da cabeça em aço. Sofre o mundo da transformação das mãos em instrumentos de castigo e em símbolos de força. Sofre o mundo da transformação da pá em fuzil, do arado em tanque de guerra, da imagem do semeador que semeia na do autômato com seu lança-chamas, de cuja sementeira brotam solidões.

A esse mundo, só a poesia poderá salvar, e a humildade diante da sua voz. Parece tão vago, tão gratuito, e no entanto eu o sinto de maneira tão fatal! Não se trata de desencantá-la, porque creio na sua aparição espontânea, inelutável. Surgirá de vozes jovens fazendo ciranda em torno de um mundo caduco; de vozes de homens simples, operários, artistas, lavradores, marítimos, brancos e negros, cantando o seu labor de edificar, criar, plantar, navegar um novo mundo; de vozes de mães, esposas, amantes e filhas, procriando, lidando, fazendo amor, drama, perdão. E contra essas vozes não prevalecerão as vozes ásperas de mando dos senhores nem as vozes soberbas das elites. Porque a poesia ácida lhes terá corroído as roupas. E o povo poderá cantar seus próprios cantos, porque os poetas serão em maior número e a poesia há de velar.

POEMA DESENTRANHADO
DA HISTÓRIA DOS PARTICÍPIOS
(DO URIANISMO DOS VERBOS TER E HAVER)

A partir do século XVI
Os verbos ter e haver esvaziaram-se de sentido
Para se tornarem exclusivamente auxiliares
E os particípios passados
Adquirindo em consequência um sentido ativo
Imobilizaram-se para sempre em sua forma indeclinável.

QUÍMICA ORGÂNICA

Há mulheres altas e mulheres baixas; mulheres bonitas e mulheres feias; mulheres gordas e mulheres magras; mulheres caseiras e mulheres rueiras; mulheres fecundas e mulheres estéreis; mulheres primíparas e mulheres multíparas; mulheres extrovertidas e mulheres inconsúteis; mulheres homófagas e mulheres inapetentes; mulheres suaves e mulheres wagnerianas; mulheres simples e mulheres fatais — mulheres de toda sorte e toda sorte de mulheres no nosso mundo de homens. Mas, do que pouca gente sabe é que há duas categorias antagônicas de mulheres cujo conhecimento é da maior utilidade, de vez que pode ser determinante na relação desses dois sexos que eu, num dia feliz, chamei de "inimigos inseparáveis". São as mulheres "ácidas" e as mulheres "básicas", qualificação esta tirada à designação coletiva de compostos químicos que, no primeiro caso, são hidrogenados, de sabor azedo; e no segundo, resultam da união dos óxidos com a água e devolvem à tintura do tornassol, previamente avermelhada pelos ácidos, sua primitiva cor azul.

Darei exemplos para evitar que os ínscios e levianos, ao se deixarem levar pela mania de classificar, que às vezes resulta de uma teoria paracientífica, cometam injustiças irreparáveis. Pois a verdade é que mulheres que podem parecer em princípio "ácidas", como as louras (conf. com a expressão corrente: "branca azeda" etc.), podem apresentar tipos da maior basicidade. Não é possível haver mulher mais "básica" que Marilyn Monroe,* por exemplo; enquanto que Grace Kelly, que muita

---

* O autor congratula-se consigo mesmo de haver escrito, há dez anos, uma verdade que resulta em tão graciosa homenagem póstuma à grande estrela americana.

gente pode tomar por "básica", é a mulher mais cítrica dos dias que correm. Podia-se fazer com Grace Kelly a maior limonada de todos os tempos, e nem todo o açúcar de Cuba seria capaz de adoçá-la.

De um modo geral, a mulher "ácida" é sempre bela, surpreendente mesmo de beleza. É como se a Natureza, em sua eterna sabedoria, procurasse corrigir essa hidrogenação excessiva com predicados que a façam perdoar, se não esquecer pelos homens. Porque uma coisa eu vos digo: é preciso muito conhecimento de química orgânica para poder distinguir uma "básica" ou uma "ácida" pela cara. A mulher "ácida" tem uma consciência intuitiva da sua química, e não é incomum vê-la querer passar por "básica" graças ao uso de maquilagem apropriada e outros disfarces próprios à categoria inimiga.

Como um homem prevenido vale por dois, dou aqui, por alto, noções geográficas e fisiológicas dos dois tipos, de modo que não chupe tamarindo aquele que gosta de manga, e vice-versa. À *vol d'oiseau* se pode dizer que as regiões escandinavas, certas regiões balcânicas e a América do Norte são infestadas de mulheres "ácidas", no caso da América, sobretudo o Sul e o Middle West, onde há predominância do tipo *one hundred per cent American*. Ingrid Bergman é uma "ácida escandinava" típica e é preciso ir procurar uma Greta Garbo para achar a famosa exceção comum a toda regra. As Ilhas Britânicas em si não são "ácidas"; mas há que ter cuidado com certas regiões da Escócia e da Irlanda, onde o limão come solto. Na França, com exceção de Paris e Île-de-France, e naturalmente da Côte d'Azur, reina uma certa acidez, sobretudo na Bretanha, Alsácia e Normandia. A Itália é "básica", tirante, talvez, o Vêneto e a Sicília. Os Países Baixos são o que há de mais "ácido", Flandres ainda mais que a região flamenga. A Alemanha é à base do araque. Há, aí, que ir mais pelo padrão psicofisiológico que pelo geográfico.

Desconfie-se, em princípio, de mulheres com muita sarda ou *tache de rousseur*. Há exceções, é claro; mas vejam só

Bette Davis,* que é de dar dor na dentina. É bom também andar um pouco precavido com mulheres, louras ou morenas, levemente dentuças. Acidez quase certa.

Felizmente, a grande maioria é constituída de "básicas", para bem de todos e felicidade geral da nação: Sobretudo no Brasil, felizmente liberto, desde alguns meses, da sua "ácida número um" — aliás de outras plagas, diga-se, o peito inchado do mais justo orgulho nacional.

---

* Poderia ser substituída, atualmente, pela atriz Doris Day.

SONETO DE MONTEVIDÉU

Não te rias de mim, que as minhas lágrimas
São água para as flores que plantaste
No meu ser infeliz, e isso lhe baste
Para querer-te sempre mais e mais.

Não te esqueças de mim, que desvendaste
A calma ao meu olhar ermo de paz
Nem te ausentes de mim quando se gaste
Em ti esse carinho em que te esvais.

Não me ocultes jamais teu rosto; dize-me
Sempre esse manso adeus de quem aguarda
Um novo manso adeus que nunca tarda

Ao amante dulcíssimo que fiz-me
À tua pura imagem, ó anjo da guarda
Que não dás tempo a que a distância cisme.

Montevidéu, 1959

NAMORADOS PÚBLICOS

Da mesma forma que os monumentos históricos ou artísticos, as belezas naturais, os bailes e cafés, os parques e jardins — os casais de namorados são coisas que pertencem ao patrimônio de uma cidade. Uma cidade sem namorados públicos não é uma verdadeira cidade. Os cicerones de Paris costumam mostrá-los aos turistas, inteiramente despreocupados em suas ternuras, como típicas curiosidades locais. No Hyde Park, em Londres, é possível vê-los às centenas, sobre o gramado esmeralda desse parque inexcedível como se estivessem em casa. O transeunte margeia beijos intermináveis, abraços infinitos, olhares abissais, namorados que leem romances, namorados que dormem, namorados que brigam, a um passo uns dos outros, perfeitamente indiferentes ao que lhes vai em torno — e o que é formidável —, guardados da curiosidade, ou malícia alheias, por um passante *constable*, cuja função é zelar pela perfeita consecução de seus carinhos, com uma imparticipação e fidelidade dignas de todos os aplausos. É claro que os namorados não abusam. Mas nessa questão de carinhos de superfície eles se permitem um uso inumerável. Estrafegam-se em beijos que fariam a inveja de John Gilbert ao tempo da sua paixão por Greta Garbo. Dão-se abraços de não se saber mais quem é o outro. Fazem-se cafunés maravilhosos, esfregam-se os narizes, acarinham-se os rostos, enfim: tudo isso que faz a deliciosa cozinha dos que se amam e que vem sendo a mesma desde os tempos mais recuados no tempo.

Ninguém pode dizer que o Rio não seja uma cidade de namorados: ela o é. Seria difícil, aliás, compreender-se uma cidade tão pródiga em beleza, sem namorados. Mas são namorados, meu Deus, ou tão ousados ou tão tímidos que parecem uma contrafação da natureza humana diante da Natureza. Grande culpada disso foi, até certo tempo, a nossa polícia de costumes, que arrolava todas as carícias de namorados dentro de um mesmo código moral, chegando até ao abuso de prender gente casada que saía para namorar fora de casa. Não. Há carícias e carícias. Que mal existe em se beijarem os namorados em praça pública ou nos cantos de rua? Em que uma coisa dessas ofende a moral? Por que não se poderão eles abraçar ternamente, quando tiverem vontade? Pois parece incrível: outro dia um amigo meu contou que foi "apitado" várias vezes por um guarda do Jardim Botânico, por estar dando um "peguinha" na namorada. De fato: é justo, mais do que justo, que se moralizem os costumes. Nada mais certo. Mas perseguir os namorados, da mesma forma que arrancar as plantas dos parques, ou maltratar os animais, é indício de mau caráter. Que os namorados se beijem à vontade nesta linda Rio de Janeiro. Nada há de mal no beijo dos namorados, como no amor dos pássaros. Deixai-os nos seus parques, nas suas ruas escuras, nos seus portões de casa. Deixai-os namorar, Senhor Prefeito, Senhor Diretor do Jardim Botânico, deixai-os namorar, porque eles têm cada dia menos lugares onde ir esconder seus anseios. Deixai-os se beijarem à vontade, porque o que em seus beijos irrita os burgueses moralizantes é justamente essa liberdade, essa beleza, essa poesia, esse voo que há num beijo de amor. Tréguas aos namorados!

A ESTRELINHA POLAR

De repente o mar fosforesceu, o navio ficou silente
O firmamento lactesceu todo em poluções vibrantes de astros
E a Estrelinha Polar fez um pipi de prata no atlântico penico.

Oceano Atlântico, a bordo do *Highland Patriot*,
a caminho da Inglaterra, setembro de 1938

DA SOLIDÃO

Sequioso de escrever um poema que exprimisse a maior dor do mundo, Poe chegou, por explosão, à ideia da morte da mulher amada. Nada lhe pareceu mais definitivamente doloroso. Assim nasceu "O corvo": o pássaro agoureiro a repetir ao homem sozinho em sua saudade a pungente litania do "nunca mais".

Será esta a maior das solidões? Realmente, o que pode existir de pior que a impossibilidade de arrancar à morte o ser amado, que fez Orfeu descer aos infernos em busca de Eurídice e acabou por lhe calar a lira mágica? Distante, separado, prisioneiro, ainda pode aquele que ama alimentar sua paixão com o sentimento de que o objeto amado está vivo. Morto este, só lhe restam dois caminhos: o suicídio, físico ou moral, ou uma fé qualquer. E como tal fé constitui uma possibilidade — que outra coisa é a *Divina comédia* para Dante senão a morte de Beatriz? — cabe uma consideração também dolorosa: a solidão que a morte da mulher amada deixa não é, porquanto absoluta, a maior solidão.

Qual será maior então? Os grandes momentos de solidão, a de Jó, a de Cristo no Horto, tinham a exaltá-la uma fé. A solidão de Carlitos, naquela incrível imagem em que ele aparece na eterna esquina, no final de *Luzes da cidade*, tinha a justificá-la o sacrifício feito pela mulher amada. Penso com mais frio n'alma na solidão dos últimos dias do pintor Toulouse-Lautrec, em seu leito de moribundo, lúcido, fechado em si mesmo, e no duro olhar de ódio que deitou ao pai, segundos antes de morrer, como a culpá-lo de o ter gerado um monstro. Penso com mais frio n'alma ainda na solidão total dos poucos minutos que terão restado ao poeta Hart Crane, quando, no auge da neurastenia, depois de se ter jogado ao mar, numa viagem de regresso do México para os Estados Unidos, viu sobre si mesmo a imensa noite do oceano imenso à sua volta, e ao longe as luzes do navio que se afastava. O que se terão dito o poeta e a eternidade nesses poucos instantes em que ele, quem sabe banhado de poesia total, boiou a esmo sobre a negra massa líquida, à espera do abandono?

Solidão inenarrável, quem sabe povoada de beleza... Mas será ela, também, a maior solidão? A solidão do poeta Rilke, quando, na alta escarpa sobre o Adriático, ouviu no vento a música do primeiro verso que desencadeou as *Elegias de Duíno*, será ela a maior solidão?

Não, a maior solidão é a do ser que não ama. A maior solidão é a do ser que se ausenta, que se defende, que se fecha, que se recusa a participar da vida humana. A maior solidão é a do homem encerrado em si mesmo, no absoluto de si mesmo, e que não dá a quem pede o que ele pode dar de amor, de amizade, de socorro. O maior solitário é o que tem medo de amar, o que tem medo de ferir e de ferir-se, o ser casto da mulher, do amigo, do povo, do mundo. Esse queima como uma lâmpada triste, cujo reflexo entristece também tudo em torno. Ele é a angústia do mundo que o reflete. Ele é o que se recusa às verdadeiras fontes da emoção, as que são o patrimônio de todos, e, encerrado em seu duro privilégio, semeia pedras do alto da sua fria e desolada torre.

DIALÉTICA

É claro que a vida é boa
E a alegria, a única indizível emoção
É claro que te acho linda
E em ti bendigo o amor das coisas simples
É claro que te amo
E tenho tudo para ser feliz

Mas acontece que eu sou triste…

Montevidéu, 1960

ESTADO DA GUANABARA

Um repórter me telefona, eu ainda meio tonto de sono, para saber se eu achava melhor que o Distrito Federal fosse incorporado ao estado do Rio, consideradas todas as razões óbvias, ou se preferia sua transformação no novo estado da Guanabara. Sem hesitação optei pela segunda alternativa, não só porque me parece que o Distrito Federal constitui uma unidade muito peculiar dentro da Federação, como porque vai ser muito difícil a um carioca dizer que é fluminense, sem que isso importe em qualquer desdouro para com o simpático estado limítrofe. O negócio é mesmo chamar o Distrito Federal de estado da Guanabara, que não é um mau nome, e dar-lhe como capital o Rio de Janeiro, continuando os seus filhos a se chamarem cariocas. Imaginem só chegarem para a pessoa e perguntarem de onde ela é, e ela ter de dizer: "Sou guanabarino, ou guanabarense"... Não é de morte? Um carioca que se preza nunca vai abdicar de sua cidadania. Ninguém é carioca em vão. Um carioca é um carioca. Ele não pode ser nem um pernambucano, nem um mineiro, nem um paulista, nem um baiano, nem um amazonense, nem um gaúcho. Enquanto que, inversamente, qualquer uma dessas cidadanias, sem diminuição de capacidade, pode transformar-se também em carioca; pois a verdade é que ser carioca é antes de mais nada um estado de espírito. Eu tenho visto muito homem do norte, centro e sul do país acordar de repente carioca, porque se deixou envolver pelo clima da cidade e quando foi ver... *kaput!* Aí não há mais nada a fazer. Quando o sujeito dá por si está torcendo pelo Botafogo, está batendo samba em mesa de bar, está se arriscando no lotação a um deslocamento de retina em cima de Nelson Rodrigues, Antônio Maria, Rubem Braga ou Stanislaw Ponte Preta, está trabalhando em TV, está sintonizando para Elizete.

Pois ser carioca, mais que ter nascido no Rio, é ter aderido à cidade e só se sentir completamente em casa, em meio à sua adorável desorganização. Ser carioca é não gostar de levantar cedo, mesmo tendo obrigatoriamente de fazê-lo; é amar a noite acima de todas as coisas, porque a noite induz ao bate-papo ágil e descontínuo; é trabalhar com um ar de ócio, com um olho no ofício e outro no telefone, de onde sempre pode surgir um programa; é ter como único programa o não tê-lo; é estar mais feliz de caixa-baixa do que alta; é dar mais importância ao amor que ao dinheiro. Ser carioca é ser Di Cavalcanti.

Que outra criatura no mundo acorda para a labuta diária como um carioca? Até que a mãe, a irmã, a empregada ou o amigo o tirem do seu plúmbeo letargo, três edifícios são erguidos em São Paulo. Depois ele senta-se na cama e coça-se por um quarto de hora, a considerar com o maior nojo a perspectiva de mais um dia de trabalho; feito o quê, escova furiosamente os dentes e toma a sua divina chuveirada.

Ah, essa chuveirada! Pode-se dizer que constitui um ritual sagrado no seu cotidiano e faz do carioca um dos seres mais limpos da criação. Praticada de comum com uma quantidade de sabão suficiente para apagar uma mancha mongólica, tremendos pigarreios, palavrões homéricos, trechos de samba e abundante perda de cabelo, essa chuveirada — instituição carioquíssima — restitui-lhe a sua euforia típica e inexplicável: pois poucos cidadãos poderão ser mais marretados pela cidade a que ama acima de tudo. Em seguida, metido em sua beca de estilo, que o torna reconhecível por um outro carioca em qualquer parte do mundo (não importa quão bom ou medíocre o alfaiate, de vez que se trata de uma misteriosa associação do homem com a roupa que o veste), penteia ele longamente o cabelo, com *gomina*, brilhantina ou o tônico mais em voga (pois tem sempre a cisma de que está ficando careca) e, integrado no metabolismo de sua cidade, vai à vida, seja para o trabalho, seja para a flanação em que tanto se compraz.

Pode-se lá chamar um cara assim de guanabarino?

O AMOR DOS HOMENS

Na árvore em frente
Eu terei mandado instalar um alto-falante com que os
                              [passarinhos
Amplifiquem seus alegres cantos para o teu lânguido
                              [despertar.
Acordarás feliz sob o lençol de linho antigo
Com um raio de sol a brincar no talvegue de teus seios
E me darás a boca em flor; minhas mãos amantes
Te buscarão longamente e tu virás de longe, amiga
Do fundo do teu ser de sono e plumas
Para me receber; nossa fruição
Será serena e tarda, repousarei em ti
Como o homem sobre o seu túmulo, pois nada
Haverá fora de nós. Nosso amor será simples e sem tempo.
Depois saudaremos a claridade. Tu dirás
Bom-dia ao teto que nos abriga
E ao espelho que recolhe a tua rápida nudez.
Em seguida teremos fome: haverá chá-da-índia
Para matar a nossa sede e mel
Para adoçar o nosso pão. Satisfeitos, ficaremos
Como dois irmãos que se amam além do sangue
E fumaremos juntos o nosso primeiro cigarro matutino.
Só então nos separaremos. Tu me perguntarás
E eu te responderei, a olhar com ternura as minhas pernas
Que o amor pacificou, lembrando-me que elas andaram
                              [muitas léguas de mulher
Até te descobrir. Pensarei que tu és a flor extrema
Dessa desesperada minha busca; que em ti
Fez-se a unidade. De repente, ficarei triste
E solitário como um homem, vagamente atento

Aos ruídos longínquos da cidade, enquanto te atarefas
                                        [absurda
No teu cotidiano, perdida, ah tão perdida
De mim. Sentirei alguma coisa que se fecha no meu peito
Como pesada porta. Terei ciúme
Da luz que te configura e de ti mesma
Que te deixas viver, quando deveras
Seguir comigo como a jovem árvore na corrente de um rio
Em demanda do abismo. Vem-me a angústia
Do limite que nos antagoniza. Vejo a redoma de ar
Que te circunda — o espaço
Que separa os nossos tempos. Tua forma
É outra: bela demais, talvez, para poder
Ser totalmente minha. Tua respiração
Obedece a um ritmo diverso. Tu és mulher.
Tu tens seios, lágrimas e pétalas. À tua volta
O ar se faz aroma. Fora de mim
És pura imagem; em mim
És como um pássaro que eu subjugo, como um pão
Que eu mastigo, como uma secreta fonte entreaberta
Em que bebo, como um resto de nuvem
Sobre que me repouso. Mas nada
Consegue arrancar-te à tua obstinação
Em ser, fora de mim — e eu sofro, amada
De não me seres mais. Mas tudo é nada.
Olho de súbito tua face, onde há gravada
Toda a história da vida, teu corpo
Rompendo em flores, teu ventre
Fértil. Move-te
Uma infinita paciência. Na concha do teu sexo

Estou eu, meus poemas, minhas dores
Minhas ressurreições. Teus seios
São cântaros de leite com que matas
A fome universal. És mulher
Como folha, como flor e como fruto
E eu sou apenas só. Escravizado em ti
Despeço-me de mim, sigo caminhando à tua grande
Pequenina sombra. Vou ver-te tomar banho
Lavar de ti o que restou do nosso amor
Enquanto busco em minha mente algo que te dizer
De estupefaciente. Mas tudo é nada.
São teus gestos que falam, a contração
Dos lábios de maneira a esticar melhor a pele
Para passar o creme, a boca
Levemente entreaberta com que mistificar melhor a eterna
                                        [imagem
No eterno espelho. E então, desesperado
Parto de ti, sou caçador de tigres em Bengala
Alpinista no Tibet, monge em Sintra, espeleólogo
Na Patagônia. Passo três meses
Numa jangada em pleno oceano para
Provar a origem polinésica dos maias. Alimento-me
De plancto, converso com as gaivotas, deito ao mar poesia
                            [engarrafada, acabo
Naufragando nas costas de Antofagasta. *Time, Life*
                    [e *Paris Match*
Dedicam-me enormes reportagens. Fazem-me
O Homem do Ano e candidato certo ao Prêmio Nobel.
Mas eis comes um pêssego. Teu lábio
Inferior dobra-se sob a polpa, o suco

Escorre pelo teu queixo, cai uma gota no teu seio
E tu te ris. Teu riso
Desagrega os átomos. O espelho pulveriza-se, funde-se
[o cano de descarga
Quantidades insuspeitadas de estrôncio-90
Acumulam-se nas camadas superiores do banheiro
Só os genes de meus tataranetos poderão dar prova cabal
[de tua imensa
Radioatividade. Tu te ris, amiga
E me beijas sabendo a pêssego. E eu te amo
De morrer. Interiormente
Procuro afastar meus receios: "Não, ela me ama..."
Digo-me, para me convencer, enquanto sinto
Teus seios despontarem em minhas mãos
E se crisparem tuas nádegas. Queres ficar grávida
Imediatamente. Há em ti um desejo súbito de alcachofras.
[Desejarias
Fazer o parto sem dor à luz da teoria dos reflexos
[condicionados
De Pavlov. Depois, sorrindo
Silencias. Odeio o teu silêncio
Que não me pertence, que não é
De ninguém: teu silêncio
Povoado de memórias. Esbofeteio-te
E vou correndo cortar o pulso com gilete-azul; meu sangue
Flui como um pedido de perdão. Abres tua caixa de costura
E coses com linha amarela o meu pulso abandonado, que é
[para
Combinar bem as cores; em seguida
Fazes-me sugar tua carótida, numa longa, lenta

Transfusão. Eu convalescente
Começas a sair: foste ao cabeleireiro. Perscruto em tua face.
[Sinto-me
Traído, deliquescente, em ponto de lágrimas. Mas te
[aproximas
Só com o casaco do pijama e pousas
Minha mão na tua perna. E então eu canto:
Tu és a mulher amada: destrói-me! Tua beleza
Corrói minha carne como um ácido! Teu signo
É o da destruição! Nada resta
Depois de ti senão ruínas! Tu és o sentimento
De todo o meu inútil, a causa
De minha intolerável permanência! Tu és
Uma contrafação da aurora! Amor, amada
Abençoada sejas: tu e a tua
Impassibilidade. Abençoada sejas
Tu que crias a vertigem na calma, a calma
No seio da paixão. Bendita sejas
Tu que deixas o homem nu diante de si mesmo, que arrasas
Os alicerces do cotidiano. Mágica é tua face
Dentro da grande treva da existência. Sim, mágica
É a face da que não quer senão o abismo
Do ser amado. Exista ela para desmentir
A falsa mulher, a que se veste de inúteis panos
E inúteis danos. Possa ela, cada dia
Renovar o tempo, transformar
Uma hora num minuto. Seja ela
A que nega toda a vaidade, a que constrói
Todo o silêncio. Caminhe ela
Lado a lado do homem em sua antiga, solitária marcha

Para o desconhecido — esse eterno par
Com que começa e finda o mundo — ela que agora
Longe de mim, perto de mim, vivendo
Da constante presença da minha saudade
É mais do que nunca a minha amada: a minha amada
                                [e a minha amiga
A que me cobre de óleos santos e é portadora dos meus
                                      [cantos
A minha amiga nunca superável
A minha inseparável inimiga.

Paris, julho de 1957

PEDRO, MEU FILHO...

Como eu nunca lutei para deixar-te nada além do amanhã indispensável: um quintal de terra verde onde corra, quem sabe, um córrego pensativo; e nessa terra, um teto simples onde possas ocultar a terrível herança que te deixou teu pai — a insensatez de um coração constantemente apaixonado.

E porque te fiz com o meu sêmen homem entre os homens, e te quisera para sempre escravo do dever de zelar por esse alqueire, não porque seja meu, mas porque foi plantado com os frutos da minha mais dolorosa poesia.

Da mesma forma que eu, muitas noites, me debrucei sobre o teu berço e verti sobre teu pequenino corpo adormecido as minhas mais indefesas lágrimas de amor, e pedi a todas as divindades que cravassem na minha carne as farpas feitas para a tua.

E porque vivemos tanto tempo juntos e tanto tempo separados, e o que o convívio criou nunca a ausência pôde destruir.

Assim como eu creio em ti porque nasceste do amor e cresceste no âmago de mim como uma árvore dentro de outra, e te alimentaste de minhas vísceras, e ao te fazeres homem rompeste meu alburno e estiraste os braços para um futuro em que acreditei acima de tudo.

E sendo que reconheço nos teus pés os pés do menino que eu fui um dia, em frente ao mar; e na aspereza de tuas plantas as grandes pedras que grimpei e os altos troncos que subi; em tuas palmas as queimaduras do Infinito que procurei como um louco tocar.

Porque tua barba vem da minha barba, e o teu sexo do meu sexo, e há em ti a semente da morte criada por minha vida.

E minha vida, mais que ser um templo, é uma caverna interminável, em cujo recesso esconde-se um tesouro que me foi legado por meu pai, mas cujo esconderijo eu nunca encontrei, e cuja descoberta ora te peço.

Como as amplas estradas da mocidade se transformaram nestas estreitas veredas da madureza, e o sol que se põe atrás de mim alonga a minha sombra como uma seta em direção ao tenebroso Norte.

E a Morte me espera em algum lugar oculta, e eu não quero ter medo de ir ao seu inesperado encontro.

Por isso que eu chorei tantas lágrimas para que não precisasse chorar, sem saber que criava um mar de pranto em cujos vórtices te haverias também de perder.

E amordacei minha boca para que não gritasses e ceguei meus olhos para que não visses; e quanto mais amordaçado, mais gritavas; e quanto mais cego, mais vias.

Porque a poesia foi para mim uma mulher cruel em cujos braços me abandonei sem remissão, sem sequer pedir perdão a todas as mulheres que por ela abandonei.

E assim como sei que toda a minha vida foi uma luta para que ninguém tivesse mais que lutar:

Assim é o canto que te quero cantar, Pedro, meu filho...

POSFÁCIO

A MULHER ORIGINAL
FRANCISCO BOSCO

Embora, segundo os fisiologistas, seja maléfico à função digestiva, nós ocidentais cultivamos o hábito de, durante as refeições, pontuar o contínuo da ingestão dos sólidos com breves pausas para os líquidos. Para a maior reprovação dos mesmos fisiologistas, fazemo-lo servindo-nos de líquidos gelados, de modo a que a função de contraste seja duplicada: entre o sólido e o líquido e entre o quente e o frio. Nossas refeições, em detrimento da função digestiva, utilitária, privilegiam, assim, um andamento rítmico em que a pausa periódica cumpre a função de *reiniciar* o paladar. Vinicius de Moraes, que, como se sabe, desprezava aqueles que orientavam o uso de seu corpo por um sentido primordial de conservação — "os que preferem se guardar para os vermes da terra" —, reproduz neste livro, *Para viver um grande amor*, a mesma estrutura contrastiva de nossas refeições: aqui, a prosa e o poema, alternando-se, fazem as vezes do sólido e do líquido, de maneira que, após as cem mastigadas maceradoras das linhas compridas, dos cheios bolos negros, siga-se o gole dos versos refrescados pelos espaços brancos, que permitem a cada vez reiniciar o paladar para a prosa. É assim, como uma espécie de *centâmetro iâmbico* — uma prosa seguida de um poema, assim alternados —, que se desenrola este livro, sendo que, contudo, não se pode dizer ao certo quais as sílabas tônicas e quais as átonas, uma vez que, se é verdade que a prosa dá o tom, e alguns poemas ali comparecem apenas para "amenizá-la" (como diz o autor em sua advertência inicial), outros poemas são tão fortes, tão impactantes, que redistribuem os acentos rítmicos da estrutura, como que os sincopando, a tudo conferindo um outro "balanço" — que é a outra palavra usada pelo autor em sua advertência, e desse modo compreendemos ambos, o amenizar e o balanço, em seu sentido estrutural.

Essa composição estrutural,[1] além de fundada nesse macrocontraste, abriga um sem-número de variações internas. A prosa se situa no registro da crônica, mas a crônica admite, por sua vez, uma infinidade de sub-registros. Os poemas, por seu turno, tendem a ser curtos, mas às vezes se avolumam e se aproximam da prosa. Esses movimentos de mão dupla confirmam, por fim, a "despoetização do poema", de que falava Eduardo Portella,[2] evidenciando que o essencial, para Vinicius, não se situa na prosa ou no verso, que são tão somente instrumentos para apreendê-lo, mas na *vida*, a parte do fogo que cabe aos artistas transportar para um meio, sem que no caminho a chama se apague.

É assim que as crônicas apresentam-se sob múltiplas faces. Algumas são crônicas-crônicas, "prosa fiada", na expressão de Vinicius, mostrando aquele "ar de coisa sem necessidade", aquela "composição solta", de que falava o mestre Antonio Candido.[3] Em outras, contudo, a verticalidade da visão, num gesto análogo ao do verso ou do conceito (ambos modalidades de rapto), impõe-se no lugar da horizontalidade da crônica, de seu desejo de irmanar-se ao tempo que flui. Em outras ainda, o *pathos* da dicção, o ritmo das frases e a fulgurância das imagens tendem ao gênero lírico. E muito mais há. Do mesmo modo, os poemas percorrem um arco que vai desde o pleno modernismo (como o "Poema para

---

1 Composição desfeita, note-se, por Afrânio Coutinho em sua pioneira organização das *Obras completas* de Vinicius (em 1968, para a então Companhia Aguilar), mas recuperada por Eucanaã Ferraz desde a mais recente reedição das mesmas (que vem a ser a quarta edição, dada a público em 2004, já pela Nova Aguilar) e mantida no presente volume.

2 PORTELLA, Eduardo. "Do verso solitário ao canto coletivo". In *Vinicius de Moraes: poesia completa e prosa: volume único*. Rio de Janeiro: Nova Aguilar, 2004, p. 146.

3 CANDIDO, Antonio. *Recortes*. Rio de Janeiro: Ouro sobre Azul, 2004, p. 26.

Candinho Portinari em sua morte cheia de azuis e rosas"), passando por uma variação da *Vénus Anadyomène* de Rimbaud até chegarmos àquela tão viniciana semiologia da feminilidade, responsável, aliás, por um dos altos momentos poéticos do livro, o poema "As mulheres ocas".

Esse poema nos conduz à segunda dimensão deste livro, que é a dimensão ética. As longilíneas madonas de boate são um dos avatares de um princípio desvitalizador, conservador, avaro, cuja apatia ou mesmo ódio à vida revela-se igualmente nos "Puros", os grandes ressentidos, "súcubos dos sentimentos mais escuros", e no rico coitado Mr. Buster, que jamais saberá o que é torcer pelo Botafogo. A perspectiva ética de Vinicius é bem conhecida, mas tenho que tratar dela aqui na medida em que é ela que ilumina e fundamenta a questão do livro, a experiência do grande amor.

É preciso compreender que, nesse título, *Para viver um grande amor*, a palavra fundamental é o "para", por meio da qual se instaura o plano ético que, por sua vez, determina a experiência do grande amor. Devemos começar por perguntar: o que é um grande amor? E mesmo: existe um grande amor? Para a psicanálise de matriz freudiana, por exemplo, uma vez que amamos ou o ser que acreditamos encarnar nosso "eu ideal" ou o ser que reproduz para nós a figura materna, o grande amor seria a exorbitância de nosso narcisismo ou desamparo. É bem diversa, porém, a resposta de Vinicius. Na crônica de título homônimo ao do livro, ele afirma sua receita do grande amor: fidelidade absoluta, cavalheirismo (Vinicius, como observa David Mourão Ferreira, é herdeiro da concepção medieval do amor cortês[4] — em versão, é claro, moderna e carnal), dedicação e entrega. É preciso ainda que esse amor aspire incondicionalmente ao *um*, enga-

---

4 FERREIRA, David Mourão. "O amor na poesia de V. de M.". In *Vinicius de Moraes: poesia completa e prosa: volume único*. Rio de Janeiro: Nova Aguilar, 2004, p. 106.

jando-se na luta utópica contra a descontinuidade dos seres: "Vem-me a angústia do limite que nos antagoniza".

Mas o que Vinicius não diz é o que não cessa de se dizer por ele. Isto: que para viver um grande amor é preciso habitar o centro dialético da existência, onde vida e morte, luto e renascimento, dor e prazer estão permanentemente se transformando uns nos outros. Viver nas proximidades desse vórtice violentíssimo, e mergulhar nele sempre que necessário — é essa a tarefa do poeta, é isso que faz de um poeta um poeta. E é isso que lhe confere a possibilidade de viver um grande amor. Para viver um grande amor, portanto, é preciso *viver como poeta*. Aqui o título revela sua reversibilidade: para viver um grande amor, é preciso um grande amor para viver. É preciso "a insensatez de um coração constantemente apaixonado". Num dos últimos poemas de sua *Antologia poética*, "Epitalâmio", o poeta interroga as mulheres que passaram por sua vida: "És tu a mesma em todas renovada?". Agora podemos responder, finalmente, que é a poesia a mulher original, a *Ur-fêmea*, o princípio vital por trás do grande amor, a "mulher cruel em cujos braços me abandonei sem remissão, sem sequer pedir perdão a todas as mulheres que por ela abandonei".

Em 2001, Antonio Candido acreditava estar Vinicius de Moraes passando por um momento de baixa na bolsa de valores do cânone literário brasileiro e explicava o porquê dessa situação, em seu entender.[5] Creio que hoje a situação encontra-se diferente, isto é, que Vinicius vem sendo reava-

---

5 CANDIDO, Antonio. "Um poema de Vinicius de Moraes". Esse texto foi originalmente publicado em *Teoria e debate*, nº 49, out.-dez. 2001, pela Fundação Perseu Abramo, e republicado na presente reedição das obras de Vinicius pela Companhia das Letras, no livro *Poemas, sonetos e baladas/ Pátria minha*, de 2008, em que se encontra na seção "Arquivo", no final do volume.

liado, e os obstáculos críticos a um julgamento mais justo de sua poesia vêm sendo superados. É oportuno dizer ainda uma vez algumas palavras a esse respeito.

São muitas as diferenças entre a obra de Vinicius de Moraes e algumas das tendências dominantes da arte do século xx. Candido lembra que, enquanto o século xx privilegiou as rupturas, Vinicius era um poeta das continuidades. Com efeito, Vinicius era capaz, como nenhum outro poeta, de escrever simultaneamente com traços românticos, simbolistas, parnasianos e modernos (Manuel Bandeira, por sua vez, descreveu essa capacidade como nenhum outro crítico soube fazer[6]). Essa multiplicidade foi desconcertante para a maioria dos críticos, e mesmo *decepcionante* para quase todo o sistema cultural brasileiro. José Miguel Wisnik observa que Vinicius decepcionou, sucessivamente, "os defensores da poesia transcendental contrários à poesia modernista (nos anos 40), os defensores da poesia escrita contrários à canção popular (do final dos anos 50 para os anos 60), os defensores da bossa nova contrários à canção mais elementar e hedonista (nos anos 70)".[7] Antonio Cicero e Eucanaã Ferraz lembram ainda que Vinicius não era um poeta obediente a um critério rigoroso de seleção de seus poemas para publicação, complacência que retardou o trabalho dos críticos (e talvez lhes forneça um álibi para resistências de ordem diversa), de separar o joio do trigo.[8]

A toda essa lista, quero acrescentar ainda outro aspecto, que me parece decisivo. Esse aspecto, menciona-o Antonio Candido, no referido texto de 2001, sem contudo desenvolvê-

6 BANDEIRA, Manuel. "Coisa alóvena, ebaente". In MORAES, Vinicius de. *Op. cit.*, 2004, p. 88.

7 WISNIK, José Miguel. "A balada do poeta pródigo". In MORAES, Vinicius de. *Op. cit.*, 2008, p. 145.

8 CICERO, Antonio, & FERRAZ, Eucanaã. "Posfácio dos organizadores". In MORAES, Vinicius de. *Nova antologia poética*. São Paulo: Companhia das Letras, 2008, pp. 269-71.

-lo, ao afirmar que nosso tempo "tende a suprimir as manifestações da afetividade", ao passo que Vinicius "é melodioso e não tem medo de manifestar sentimentos", e que por vezes "chega mesmo a cometer o pecado maior para o nosso tempo: o sentimentalismo".[9] Sigamos essa pista. Creio que se há uma perspectiva dominante na arte do século XX, ela é materialista. Desde *The philosophy of composition*, de Poe, passando pela *clôture* poética das *Illuminations* de Rimbaud, pela despersonalização em Mallarmé, recebendo uma teorização à altura no início do século XX com o formalismo russo e com o círculo linguístico de Praga, até desembocar no estruturalismo, pode-se dizer que a aventura artístico-crítica do século XX é aquela da denúncia das ilusões de expressividade e transparência da linguagem, da consciência radical da obra como artifício, da condução da forma ao proscênio, consequentemente do privilégio do tom irônico (que evidencia esse salto de consciência) e do repúdio à afetividade (associada ao *ancien régime* artístico). Não é preciso insistir muito: o poeta é um fingidor, e com bons sentimentos se faz má literatura.

Toda essa extraordinária aventura formal e conceitual produziu, entretanto, alguns mal-entendidos. A célebre anedota da conversa entre Degas e Mallarmé revela um dos maiores. "Não consigo escrever um poema, e no entanto estou cheio de ideias", queixou-se o pintor de *A aula de dança*, ao que o poeta de *Igitur* respondeu: "Mas, meu caro Degas, não é com ideias que se faz um poema, e sim com palavras". A resposta de Mallarmé revela todo o ganho de consciência que então já se formava, mas deixa entrever, ao mesmo tempo, uma tendência que se mostraria um tanto estéril e autoritária. Refiro-me à fetichização do significante, à alienação da materialidade, à sua dissociação da dimensão semântica, junto à qual se perfaz a isomorfia característica da poesia, essa experiência física do sentido que o torna irrecuperável.

9 CANDIDO, Antonio. *Op. cit.*, 2008, p. 159.

Opondo-se a essa perspectiva, Vinicius afirma que "o material do poeta é a vida", "seu instrumento é a palavra". Se assim não for, um poeta "não será nunca um bom poeta, mas um mero lucubrador de versos". Ora, essa afirmação do lugar da vida na arte choca-se com a perspectiva radicalmente materialista[10] do século xx e com a tendência, antirromântica, de separação entre arte e vida que caracteriza boa parte dessa perspectiva. Em Vinicius, arte e vida estão vinculadas de um modo que terá produzido mal-estar em muitos, que preferiram solucionar a dificuldade recalcando o problema. Como em Gide e Rimbaud, pode-se dizer que a obra viniciana configura uma espécie de *exoliteratura*, emanando dela uma força a impelir o leitor na realização daquela obra em sua própria vida. Esse efeito que prolonga a experiência para além, para fora do tempo da leitura, é consequência da dimensão ética. Mas, assim como em Rimbaud e Gide, essa força para fora é um efeito *da* obra, e não de fora dela, e a vida é algo que pulsa e se revela dentro da escrita, e não um dado que lhe é exterior (sem, contudo, deixar de sê-lo, e essa é uma das dificuldades em jogo).

Vinicius não vestiu seus poemas de múltiplas máscaras, não eliminou deles o sujeito, muito menos a realidade. Ao contrário, ousou, a contrapelo das tendências de seu tempo, assumir uma desabrida dicção lírica, onde o sujeito do poema se confunde com o sujeito biográfico. Isso, é claro, sob uma fatura tantas vezes magistral, pois a linguagem de Vinicius nunca é ingênua, nem por isso ela acredita dever ser irônica. É nesse sentido, creio, que se deve entender a frase

---

10 Aqui me refiro, não ao materialismo no sentido marxista, campo da teoria do conhecimento, mas à materialidade do texto, no contexto da teoria da literatura. A concepção materialista do marxismo produziria, como se sabe, a análise dita sociológica da literatura, que, não por acaso, iria se contrapor à análise dita "formalista" da literatura. Nunca é demais lembrar, entretanto, que, nos melhores teóricos e críticos, a materialidade do texto não exclui a materialidade da realidade — ao contrário, é indissociável desta.

de Antonio Candido, segundo a qual "a espontaneidade foi a sua mais bela construção".[11]

A aventura do século XX é marcada por uma espécie de *hybris* que faz com que a um tempo se enxergue mais e menos. Isso parece ser necessário para a quebra de antigos paradigmas e instauração de novos. Mas uma das virtudes de nosso tempo, esse século XXI que alguns creem epigonal e decadente, é a possibilidade de um juízo mais equilibrado. Esse juízo, creio, estará apto a pensar a obra de Vinicius sem se deixar impedir por quaisquer preconceitos.

---

11 CANDIDO, Antonio. Texto de quarta capa da *Nova antologia poética* de Vinicius de Moraes, organizada por Antonio Cicero e Eucanaã Ferraz (São Paulo: Companhia das Letras, 2003).

ARQUIVO

ADVERTÊNCIA*
VINICIUS DE MORAES

Esta coletânea de crônicas, se bem que mesclada a poemas de fato e de circunstância, é o primeiro livro de prosa do A. Tendo exercido o mister de cronista em várias épocas, nos últimos vinte anos, resolveu ele selecionar algumas delas, a instâncias, também, de seus Editores, e vir a público. Há, para o leitor que se der ao trabalho de percorrê-las em sua integridade, uma unidade evidente que as enfeixa: a de um grande amor.

Foram elas publicadas em jornais e revistas várias, de alguns dos quais o A. perdeu o rastro. A maioria, no entanto, saiu em *Última Hora*, a partir de 1959.

Os poemas, muitos dos quais escritos nesse mesmo interregno, visam amenizar um pouco a prosa: dar-lhe, quem sabe, um "balanço" novo. E situam-se, quase todos, nessa fase do A., que vai de seus últimos dias de Paris, em 1957, onde foi escrito, em julho, "O amor dos homens", até o fim do seu estágio em Montevidéu, em 1960. Dentro, portanto, da experiência do grande amor.

Copiar e ordenar para mais de mil crônicas, do que resultou esta seleção, foi obra de d. Yvonne Barbare, secretária do A., cuja competência e dedicação não pode ele deixar de louvar aqui.

Rio, setembro de 1962

---

* Texto que aparece na primeira edição de *Para viver um grande amor* (Rio de Janeiro: Editora do Autor, 1962).

AQUI ESTÁ O VINICIUS MAIS ACESSÍVEL*
OTTO LARA RESENDE

Aqui está o Vinicius mais acessível — o que se abriu ao grande público, antes mesmo de ser bafejado pela universal popularidade que buscou e conquistou como expoente da MPB. Há muito se sabe que são vários os Vinicius. Depois do Vinicius musical, foi o Vinicius cronista quem mais depressa chegou ao coração do grande público.

Como seu mestre Manuel Bandeira e seu amigo Carlos Drummond de Andrade, como tantos poetas, Vinicius escreveu crônica para sobreviver, ou quando muito para juntar um dinheirinho aos seus vencimentos de diplomata. Foi a força das circunstâncias, ou a sobrevivência, que o levou à colaboração periódica nos jornais e nas revistas.

Seria o caso de dizer bendita sobrevivência, ou bem-vindas circunstâncias. Porque foi o cronista quem melhor deixou notícia do universo do poeta Vinicius de Moraes. De todas as dimensões desse universo, do afetivo ao literário, do musical ao familiar, falou o cronista com o sabor e o à vontade que caracterizam esse gênero de prosa.

Prosa fiada e nem por isso arte menos ingrata, como diz de saída o próprio Vinicius. Alheio à controvérsia de teóricos e críticos sobre o gênero, quase sem querer o Poeta definiu o seu conceito de crônica, ou seja, uma conversa íntima e livre que, partindo do seu interesse pessoal, vai de fato interessar a todos os seus leitores.

Tendo acompanhado o *poeta altíssimo* desde o início dos anos 40, fui às vezes o seu improvisado agente literário. "Estou precisadíssimo", clamava ele, "de um galinho qual-

---

* Publicado na edição de *Para viver um grande amor* lançada em 1991 pela Companhia das Letras.

quer." Só em 1962 ousou aparecer em livro, formado na onda dos grandes cronistas dos anos 50 e 60. Mas ainda assim se escorou nos versos, à procura de um balanço novo. A fórmula não podia ser mais feliz.

Para viver um grande amor acertou em cheio no alvo, como se viu pela acolhida que tem tido em edições sucessivas. Aí ele encerrou de fato a sua fase de inquilino do sublime, com uma dúzia de livros de restrita tiragem, só para os raros. Portas e janelas escancaradas, coração aberto e generoso, Vinicius está aqui, tal como foi, tal como é, para o encontro ou reencontro com o leitor.

NO MARIMBÁS*
CARLOS DRUMMOND DE ANDRADE

Fernando Sabino prevenira:

— O problema, na noite de autógrafos, é conhecer os nossos conhecidos. Na confusão, a memória some debaixo da mesa, e a gente não tem cara para perguntar como é que a pessoa se chama; ninguém nos perdoaria isso.

Então o mesmo Fernando inventou uma solução linda: ao lado de cada escritor que vai autografar (agora são quatro, cinco de cada vez), posta-se um broto gentil, que com a maior naturalidade do mundo pergunta a quem se aproxima brandindo um livro: "Qual é o seu nome?". Não adianta responder: "Ele sabe", porque a garota insiste, e quando o autor redige a dedicatória, está a salvo de cometer uma falta gravíssima.

O sistema é quase perfeito. Mas, ao ser interpelado pelo broto, pode o leitor, embevecido pela juventude do mundo, esquecer o seu próprio nome, e então não há remédio. Por sua vez, o autor é um desmemoriado profissional, ou não improvisa. Tem o nome do leitor, mas e a dedicatória? Não lhe ocorre a frase graciosa, o adjetivo especial, o torrãozinho de açúcar que deveria oferecer a quem tanto estima. Sai um "envoi" pífio e até impróprio. Seria bom formar especialistas em dedicatória, que na hora soprariam, em código, as expressões adequadas. Cada dia me convenço mais que escritor é aquele que não escreve nunca, ou só a duras penas, a tiro.

Bem, mas o encontro no Clube dos Marimbás, segunda-feira à noite, entre o público e a Editora do Autor, foi muito simpático e, de modo geral, não houve dramas de amnésia.

---

* Publicado no *Jornal do Brasil*, 28 de novembro de 1962.

A Editora completava dois anos de vida, que valem por vinte, tão juvenil e viçosa se mostra. (Não posso evitar a pletora de vê; a letra está ligada a impressões de verdura e vigor, é pura clorofila.) Novidade no Brasil, fundiu autor e editor na mesma atividade econômica, oferecendo aos escritores, como classe, as perspectivas de uma concepção diversa da indústria editorial. Dezenas de obras publicadas — muitas, de sucesso fulminante — mostram o seu dinamismo. Walter Acosta, Sabino e Rubem Braga, com essa iniciativa, fizeram o livro brasileiro dar um passo à frente — e isso conta em economia e em cultura. E tudo é feito de maneira tão simples que surpreende. Feito também com certa alegria. Nota-se o prazer com que essa gente dá duro, do escritório à oficina, e desta ao público.

A noite era, pois, de festa, e com sobremesa de livros novos: *Para viver um grande amor*, de Vinicius de Moraes; *A mulher do vizinho*, de Fernando Sabino; *O retrato na gaveta*, de Otto Lara Resende; *Homenzinho na ventania*, de Paulo Mendes Campos: depois disso, não me venham dizer que não há leitura gostosa para este fim de ano. Havia também *A bolsa & a vida*, de um escritor cujo nome já me aborrece citar, de tantas vezes que o escrevi, sem que ele se digne ao menos cumprimentar-me de cabeça. Em compensação, cito os nomes de três jovens que o ajudaram, e quanto! na tarefa: Leonora, Marinha e Vera, traços de poesia a melhorar a prosa do autor.

CRONOLOGIA

1913 Nasce Vinicius de Moraes, em 19 de outubro, no bairro da Gávea, Rio de Janeiro, filho de Lydia Cruz de Moraes e Clodoaldo Pereira da Silva Moraes.

1916 A família muda-se para Botafogo, e Vinicius passa a residir com os avós paternos.

1922 Seus pais e os irmãos transferem-se para a ilha do Governador, onde Vinicius constantemente passa suas férias.

1924 Inicia o curso secundário no Colégio Santo Inácio, em Botafogo.

1928 Compõe, com Haroldo e Paulo Tapajós, respectivamente, os foxes "Loura ou morena" e "Canção da noite", gravados pelos Irmãos Tapajós em 1932.

1929 Bacharela-se em letras, no Santo Inácio. Sua família muda-se para a casa contígua àquela onde nasceu o poeta, na rua Lopes Quintas.

1930 Entra para a Faculdade de Direito da rua do Catete.

1933 Forma-se em direito e termina o Curso de Oficial de Reserva. Estimulado por Otávio de Faria, publica seu primeiro livro, *O caminho para a distância*, na Schmidt Editora.

1935 Publica *Forma e exegese*, com o qual ganha o Prêmio Felipe d'Oliveira.

1936 Publica, em separata, o poema *Ariana, a mulher*.

1938 Publica *Novos poemas*. É agraciado com a bolsa do Conselho Britânico para estudar língua e literatura inglesas na Universidade de Oxford (Magdalen College), para onde parte em agosto do mesmo ano. Trabalha como assistente do programa brasileiro da BBC.

1939 Casa-se, por procuração, com Beatriz Azevedo de Mello. Regressa da Inglaterra em fins do mesmo ano, devido à eclosão da Segunda Grande Guerra.

1940 Nasce sua primeira filha, Susana. Passa longa temporada em São Paulo.

1941 Começa a escrever críticas de cinema para o jornal *A Manhã* e colabora no "Suplemento Literário".

1942 Nasce seu filho, Pedro. Faz uma extensa viagem ao Nordeste do Brasil acompanhando o escritor americano Waldo Frank.

1943 Publica *Cinco elegias*. Ingressa, por concurso, na carreira diplomática.

1944 Dirige o "Suplemento Literário" d'*O Jornal*.

1946 Parte para Los Angeles, como vice-cônsul, em seu primeiro posto diplomático. Publica *Poemas, sonetos e baladas* (372 exemplares, com ilustrações de Carlos Leão).

1947 Estuda cinema com Orson Welles e Gregg Toland. Lança, com Alex Viany, a revista *Filme*.

1949 Publica *Pátria minha* (tiragem de cinquenta exemplares, em prensa manual, por João Cabral de Melo Neto, em Barcelona).

1950 Morre seu pai. Retorna ao Brasil.

1951 Casa-se com Lila Bôscoli. Colabora no jornal *Última Hora* como cronista diário e, posteriormente, como crítico de cinema.

1953 Nasce sua filha Georgiana. Colabora no tabloide semanário "Flan", de *Última Hora*. Edição francesa das *Cinq élégies*, nas edições Seghers. Escreve crônicas diárias para o jornal *A Vanguarda*. Segue para Paris como segundo-secretário da embaixada brasileira.

1954 Publica *Antologia poética*. A revista *Anhembi* edita sua peça *Orfeu da Conceição*, premiada no concurso de teatro do IV Centenário da cidade de São Paulo.

1955 Compõe, em Paris, uma série de canções de câmara com o maestro Claudio Santoro. Trabalha, para o produtor Sasha Gordine, no roteiro do filme *Orfeu negro*.

1956 Volta ao Brasil em gozo de licença-prêmio. Nasce

sua terceira filha, Luciana. Colabora no quinzenário *Para Todos*. Trabalha na produção do filme *Orfeu negro*. Conhece Antonio Carlos Jobim e convida-o para fazer a música de *Orfeu da Conceição*, musical que estreia no Teatro Municipal do Rio de Janeiro. Retorna, no fim do ano, a seu posto diplomático em Paris.

1957 É transferido da embaixada em Paris para a delegação do Brasil junto à Unesco. No fim do ano é removido para Montevidéu, regressando, em trânsito, ao Brasil. Publica *Livro de sonetos*.

1958 Parte para Montevidéu. Casa-se com Maria Lúcia Proença. Sai o LP *Canção do amor demais*, de Elizete Cardoso, com músicas suas em parceria com Tom Jobim.

1959 Publica *Novos poemas II*. *Orfeu negro* ganha a Palme d'Or do Festival de Cannes e o Oscar de Melhor Filme Estrangeiro.

1960 Retorna à Secretaria do Estado das Relações Exteriores. Segunda edição (revista e aumentada) de *Antologia poética*.

Edição popular da peça *Orfeu da Conceição*. É lançado *Recette de femme et autres poèmes*, tradução de Jean-Georges Rueff, pelas edições Seghers.

1961 Começa a compor com Carlos Lyra e Pixinguinha. É publicada *Orfeu negro*, com tradução italiana de P. A. Jannini, pela Nuova Academia Editrice.

1962 Começa a compor com Baden Powell. Compõe, com Carlos Lyra, as canções do musical *Pobre menina rica*. Em agosto, faz show com Tom Jobim e João Gilberto na boate Au Bon Gourmet. Na mesma boate, apresenta o espetáculo *Pobre menina rica*, com Carlos Lyra e Nara Leão. Compõe com Ari Barroso. Publica *Para viver um grande amor*, livro de crônicas e poemas. Grava, como cantor, disco com a atriz e cantora Odete Lara.

1963 Começa a compor com Edu Lobo. Casa-se com Nelita Abreu Rocha e parte para um posto em Paris, na delegação do Brasil junto à Unesco.

1964 Regressa de Paris e colabora com crônicas semanais para a revista *Fatos e Fotos*, assinando, paralelamente, crônicas sobre música popular para o *Diário Carioca*. Começa a compor com Francis Hime. Faz show (transformado em LP) com Dorival Caymmi e o Quarteto em Cy na boate carioca Zum-Zum.

1965 Publica a peça *Cordélia e o peregrino*, em edição do Serviço de Documentação do Ministério da Educação e Cultura. Ganha o primeiro e o segundo lugares do I Festival de Música Popular Brasileira da TV Excelsior de São Paulo, com "Arrastão" (parceria com Edu Lobo) e "Valsa do amor que não vem" (parceria com Baden Powell). Trabalha com o diretor Leon Hirszman no roteiro do filme *Garota de Ipanema*. Volta à apresentação com Caymmi, na boate Zum-Zum.

1966 São feitos documentários sobre o poeta pelas televisões americana, alemã, italiana e francesa, os dois últimos realizados pelos diretores Gianni Amico e Pierre Kast.

Publica *Para uma menina com uma flor*. Faz parte do júri do Festival de Cannes.

1967 Publica a segunda edição (aumentada) do *Livro de sonetos*. Estreia o filme *Garota de Ipanema*.

1968 Falece sua mãe, em 25 de fevereiro. Publica *Obra poética*, organizada por Afrânio Coutinho, pela Companhia Aguilar Editora.

1969 É exonerado do Itamaraty. Casa-se com Cristina Gurjão.

1970 Casa-se com Gesse Gessy. Nasce sua filha Maria Gurjão. Início de sua parceria com Toquinho.

1971 Muda-se para a Bahia. Viaja para a Itália.

1972 Retorna à Itália com Toquinho, onde gravam o LP *Per vivere un grande amore*.

1975 Excursiona pela Europa. Grava, com Toquinho, dois discos na Itália.

1976 Casa-se com Marta Rodrigues Santamaria.

1977 Grava LP em Paris, com Toquinho. Show com Tom, Toquinho e Miúcha, no Canecão.

1978 Excursiona pela Europa com Toquinho. Casa-se com Gilda de Queirós Mattoso.

1980 Morre, na manhã de 9 de julho, em sua casa, na Gávea.

CRÉDITOS DAS IMAGENS

Todos os esforços foram feitos para determinar a origem das imagens deste livro. Nem sempre isso foi possível. Teremos prazer em creditar as fontes, caso se manifestem.

p.1 Acervo Arquivo — Museu de Literatura Brasileira, da Fundação Casa de Rui Barbosa.

p.2 Acervo Arquivo — Museu de Literatura Brasileira, da Fundação Casa de Rui Barbosa. DR/ Lúcia Proença.

p.3 DR/ Lúcia Proença.

pp.4 e 5 Acervo Arquivo — Museu de Literatura Brasileira, da Fundação Casa de Rui Barbosa.

p.6 Candido Portinari. Retrato de Maria Lúcia de Faria Proença. 1938, óleo sobre tela, 56 × 46,5 cm. Coleção particular. Reprodução autorizada por João Candido Portinari. Imagem do acervo do Projeto Portinari.

p.7 Candido Portinari. Retrato de Vinicius de Moraes. 1938, óleo sobre tela, 73 × 60 cm. Coleção particular. Reprodução autorizada por João Candido Portinari. Imagem do acervo do Projeto Portinari.

p.8 DR/ VM. © Gilles Mermet.

p.9 Acervo Arquivo — Museu de Literatura Brasileira, da Fundação Casa de Rui Barbosa.

p.10 Coleção Otto Lara Resende/ Acervo Instituto Moreira Salles.

p.11 Foto Arquivo/ Agência O Globo. © Korniss, Dezso (1908-84) Frieze-Coat Motif, 1972. Private Collection/ The Bridgeman Art Library Nationality/ copyright status: Hungarian/ in copyright until 2055. Licenciado por Autvis, Brasil, 2010. Lebrecht Music & Art's.

p.12 HO/ Cortesy THINK Film/ AP Photo/ Imageplus.

p.13 Acervo Arquivo — Museu de Literatura Brasileira, da Fundação Casa de Rui Barbosa.

p.14 Acervo Arquivo — Museu de Literatura Brasileira, da Fundação Casa de Rui Barbosa.

p.15 Arquivo Roberto Porto.

p.16 © Nelson Kon.

ESTA OBRA FOI COMPOSTA EM
FAIRFIELD POR WARRAKLOUREIRO
E IMPRESSA EM OFSETE
PELA GEOGRÁFICA SOBRE
PAPEL PÓLEN SOFT DA
SUZANO S.A. PARA
A EDITORA SCHWARCZ
EM JULHO DE 2021

A marca FSC® é a garantia de que a madeira utilizada na fabricação do papel deste livro provém de florestas que foram gerenciadas de maneira ambientalmente correta, socialmente justa e economicamente viável, além de outras fontes de origem controlada.